소설
대장정 5

소설
대장정 5

웨이웨이 글 | 선야오이 그림 | 송춘남 옮김

보리

진보와 해방을 위해 싸우는 사람들을 북돋우는 마르지 않는 샘

웨이웨이 魏巍 위외

중국 영웅들의 큰 걸음, 장정長征은 어느덧 중국 인민의 서사시를 넘어온 인류의 서사시로 자리 매김 했다. 이 서사시는 중국 인민과 중국 공산당원들이 그 걸음과 피로 이 지구 위에 새겨 놓은 것이다. 그것은 마치 붉디 붉은 아름다운 댕기처럼 이 지구 별을 두른 채, 인류와 다음 세대가 영원히 기념할 만한 사건으로 남아 있다.

장정은 벌써 반세기 전 일이다. 그렇다면 장정의 역사적 의의는 무엇인가? 돌이켜 보면 역사 스스로 그 의의를 똑똑히 말해 주고 있다. 장정이 큰 대가를 치르며 남긴 불씨가 항일 전쟁을 승리로 이끌었다. 중국 공산당은 항일 전쟁 가운데서 힘을 길러 비로소 해방을 맞이할 수 있었다. 장정은 우리 중국이 깜깜한 어둠에 싸여 있을 때 비로소 고개를 내민 아침 햇살 같은 사건인 셈이다. 중국이 새 아침을 맞을 무렵 벌어진 이 치열한 투쟁에 힘입어 우리 민족과 인민의 운명이 얼마나 크게 달라졌던가!

하지만 결코 장정의 의의는 이쯤에서 그치지 않는다. 장정이 남긴 정신적 유산은 그 가치를 함부로 가늠할 수 없다. 홍군 전사들이 장정 길에서 겪은 어려움이 남달랐던 만큼, 그들이 보여 준 용감함과 끈기 또한 인류가 지닌 가장 아름다운 품성을 상징하는 빛나는 본보기로 남았다. 이 유

산은 우리가 더 나은 중국을 만들어 가는 데, 또 우리 다음 세대와 진보와 해방을 위해 싸우는 온 인류에게 언제나 큰 힘을 북돋우는 마르지 않는 샘이 될 것이다.

우리 역사에는 쟁쟁한 농민 전쟁이 숱하다. 또 그때마다 감동적인 영웅들이 많이 나왔다. 하지만 수백, 수천 차례 일어난 농민 전쟁은 하나같이 실패하거나 다른 왕조가 들어서며 막을 내렸다. 그런데 왜 장정처럼 농민이 주체인 혁명전쟁은 승리할 수 있었는가? 역사 속에 그 답이 있다. 장정은 근대 무산 계급이 이끌었고, 마르크스—레닌주의를 영혼으로 삼은 중국 공산당이 그 대변자 노릇을 충실히 해냈기 때문이다.

장정은 내 마음속의 시이다. 나는 줄곧 장정을 흠모하며 동경해 왔다. 그런데 장정이 지닌 비범한 웅장함과 아름다움을 문학적으로 온전히 담아 내기에는 내 배움과 재주가 부족한 것 같아 오랫동안 머뭇거렸다. 하지만 이제는 세월이 너무 흘러 더 미룰 수가 없게 되었다. 올해로 이 용감무쌍한 군대가 창건 예순 돌을 맞는다. 부족하지만 이 작품을 나를 길러 준 당과 군대, 인민에게 드린다.

위대한 장정은 홍군의 3대 주력 부대인 1·2·4 세 개 방면군方面軍이

함께 이룬 것이다. 그 내용이 어찌나 풍부한지 이 역사를 모두 담아 내려면 여러 작품이 나와야 할 것이다. 이 소설은 중앙 홍군의 움직임을 중심으로 썼다. 형편이 이러하니 독자들이 크게 허물하지는 않으리라 생각한다.

나는 이 책을 쓰기 전에 많은 혁명 선배들을 찾아다녔다. 다들 애정 어린 가르침으로 나를 이끌어 주었다. 오래전 홍군이 걸었던 장정 길을 따라 걷는 동안에도 여러 동지와 인민들을 만났다. 따뜻하게 나를 맞아 준 많은 이들을 잊을 수 없다. 또 나는 전사들이 몸소 겪은 장정 이야기가 담긴 회고록을 꼼꼼히 찾아 읽으며 장정이라는 큰 역사적 줄기를 나름으로 재구성해 갔다. 이런 것들이 이 소설을 쓰는 데 큰 도움이 되었다. 이 지면을 빌려 모든 이들에게 깊이 감사드린다.

장정 길에서 영원히 잠든 열사들과 아직도 건강히 살아 있는 장정의 영웅들이여! 당신들의 굳건한 정신과 위대한 업적은 오래오래 빛날 것이다.

장정의 본모습을 진실하고 생생하게 그려 낸 빼어난 성취

네룽전聶榮臻 섭영진

나는 〈당대 장편 소설當代長篇小說〉이라는 잡지에서 웨이웨이 동지가 쓴 《소설 대장정地球的紅帶飄》을 발견하고는 흥분해마지않았다. 그길로 꼬박 열 며칠을 단숨에 내리 읽었다.

《소설 대장정》은 문학 언어로 장정을 다룬 첫 장편 거작으로 그 내용이 진실하고 살아 있다. 문장도 좋고 하나하나 의미가 깊어 읽는 재미도 쏠쏠했다. 다 읽고 나니 마치 장정을 또 한 번 한 것 같은 기분이 들 정도였다.

장정은 인류 역사의 기적이자 우리 당과 군대, 민족이 길이 자랑스럽고 귀중하게 여길 만한 재산이다. 어려움이 닥칠 때마다 장정을 떠올리면 못 헤쳐 나갈 일이 없을 테니 말이다.

웨이웨이 동지는 이 위대한 역사적 사건을 제대로 그리기 위해 그 많은 자료들을 꼼꼼히 모으는 한편, 장정 길을 두 번이나 직접 걸었다. 그런 뒤 몇 해 동안 이 소설을 써 내려갔다.

그동안 장정을 다룬 소설이 꽤 나왔지만 대개 설산을 넘고 초지를 지나며 고생한 이야기에 머무르고 말았다. 하지만 이 소설은 내부 분쟁을 깊이 있게 다뤄 당의 힘을 충분히 보여줌으로써 독자들이 장정의 본모습을

이해할 수 있게 돕는다.

한편 이 작품은 마오쩌둥, 저우언라이, 주더, 왕자샹, 펑더화이, 류보청, 예젠잉 같은 지도자들의 모습을 아주 진실하게 그려 냈다. 이들은 내가 아주 잘 아는 윗사람이자 전우로, 장정을 하는 동안 소설 속 모습과 다름없이 꼭 그러했다. 혁명이 가장 위태로운 때에도 변함없이 당과 인민을 위해 싸웠으며, 흔들림 없이 홍군을 궁지에서 구해 승리로 이끌었다. 이런 이야기들을 아주 진실하고 생생하게 묘사하고 있다.

장제스, 왕자레이, 양썬 같은 국민당 쪽 인물들도 성격이 선명하여 살아 있는 듯하다. 또 다른 인물들도 저마다 특징을 살려 섬세하게 부각시켰다.

《소설 대장정》은 이렇듯 높은 경지에서 장정이라는 위대한 사건을 그렸고, 이 역사의 한 단락을 예술적으로 재현해 낸 뛰어난 작품이다. 한 편의 서사시처럼 장정을 담아 낸 이 소설은 우리가 홍군의 장정 정신을 잇고 빛내는 데 큰 보탬이 될 것이다.

웨이웨이 동지는 누구나 잘 알고 존경하는 작가이다. 《누가 가장 사랑스러운 사람인가誰是最可愛的人》, 《동방東方》 같은 소설은 인민들 속에서 널리 읽히고 있다. 나는 오래전 항일 전쟁 때부터 웨이웨이 동지를 알고 지냈다. 그는 글 쓰는 데 타고난 재주가 있는 이들 중에 혁명전쟁이라는 시련을 겪은 드문 사람이다. 또한 오랫동안 부지런히 글을 써 오면서 빼어난 성과를 많이 거둔 작가이기도 하다. 하지만 웨이웨이 동지는 나이 일흔에 또 《소설 대장정》이라는 뛰어난 작품을 내놓았다. 쉬지 않고 애쓰는 이 정신이야말로 정말 귀중하다.

1987년 10월 6일

소설 **대장정 5권**

머리말

진보와 해방을 위해 싸우는 사람들을 북돋우는 마르지 않는 샘 4

추천하는 글

장정의 본모습을 진실하고 생생하게 그려 낸 빼어난 성취 7

일러두기

1. 맞춤법과 띄어쓰기, 외래어 표기는 국립국어원 〈표준국어대사전〉 원칙을 따랐다.
2. 중국어로 된 고유 명사는 다섯 권을 통틀어 처음 나올 때에만 괄호 안에 한자와 한자음을 달았다. 다만, 1911년 신해혁명 이전 것은 우리 한자음대로 쓰고 곁에 한자를 써 주었다.
3. 중국 도량형에서 일 리는 우리와 달리 오백 미터 남짓 되는 거리를 이른다.
4. 《소설 대장정 地球的紅飄帶》 내용 가운데 여러 증언과 연구를 통해 지금까지 분명하게 밝혀진 역사적 사실과 다른 것은 한국어판에서 최대한 바로잡았다. 다만, 1방면군과 합류할 당시 4방면군 병력에 관한 것은 원작이 서술하고 있는 대로 두었다.

   장정에 참여한 홍군 전사들은 4방면군 규모가 대략 팔만 명에서 십만 명쯤이었다고 밝히고 있다. 저자 웨이웨이는 본문에서 서로 다른 증언들을 두루 다루며 이 문제를 드러냈다. 1988년 중국에서 이 책이 처음 나온 뒤, 중국 공산당 총서기를 지낸 후야오방은 모처럼 마음에 차는 소설을 읽은 기쁨과 즐거움을 담아 웨이웨이에게 시 한 수를 써 보냈다. 그러면서 장궈타오가 캐나다로 망명한 뒤 쓴 회고록을 보면 1935년 1방면군과 만날 즈음 4방면군 병력을 사만 오천 명으로 밝히고 있다면서, 이 숫자도 훗날 실제로 밝혀진 1방면군 병력에 견준다면 "네 배가 넘는 굉장한 숫자"라 병력을 더 불리는 것은 좋지 않겠다는 의견을 전했다. 중국 인민문학출판사는 다음 쇄를 찍으면서 후야오방의 친필 서한을 책 맨 뒤쪽에 실어 이 사실을 밝혔다.

15장 물거품이 된 쏭판 작전 계획

　홍군은 헤이수이에서 북으로 삼백 리쯤 걸어 눈 쌓인 다구 산打鼓山
타고산을 넘었다. 마오얼가이는 확 트인 골짜기였다. 불룩하게 솟은 언
덕 여기저기에 자그마한 마을이 흩어져 있었다. 마을 몇 개라야 수십
가구밖에 되지 않았다. 아래로 그다지 넓지 않은 마오얼가이 강毛爾蓋
河 모이개하이 흘렀다.

　마오얼가이에 있는 티베트 족 마을에는 헤이수이의 보루 식 돌집은
보이지 않았다. 대신 아래층을 집짐승 우리로 쓰는 나무 층집이 많았
다. 쉬화자이쯔索花寨子 색화채자에 자리 잡은 호화로운 라마교 사원은
후중난 군대가 도망가면서 불을 지르는 바람에 높다란 붉은 벽만 남아

있었다. 산골짜기에는 싯누렇게 여물어 가는 보리밭이 보기 좋게 널려 있었지만 티베트 사람들이 모두 달아나고 없으니 그림의 떡이었다.

사방은 거무충충한 원시림으로 빼곡히 둘러싸여 있었다. 게다가 큰 부대가 머물기에 마을이 너무 작았다. 전사들은 대부분 한데서 자야 했다. 마을 둘레나 밭머리, 나무 아래는 어디나 천막이 빼곡했다.

마오얼가이는 해발 삼천 미터가 넘는 곳이라 8월인데도 바람이 차가웠다. 아침저녁으로 전사들은 추워서 벌벌 떨었다. 여전히 맹물에 삶은 나물을 먹으며 버텼다. 좀 나은 것이래야 풀에다 곡식을 좀 섞어서 쑨 죽이었다. 바싹 여윈 사람들이 이제는 부종으로 누런 밀랍처럼 부석부석하게 부었다. 환자들은 날마다 늘었다. 사기는 떨어질 대로 떨어졌고 불만은 갈수록 커 갔다.

진위라이도 갈수록 초조해졌다. 왜 아직도 쑹판을 치지 않고 늑장을 부리는지, 왜 이 지랄 같은 고장에 눌러앉아 떠나지 않는지 도통 알 수가 없었다. 날마다 먹을 것을 구하러 나가는 것이 가장 중요한 일이었다. 리잉타오는 아직도 진위라이네를 돕고 있었다. 이 대대는 사람이 많이 줄어 중대가 되었다.

진위라이와 리잉타오가 한창 천막에서 이야기를 나누고 있는데 두

톄추이가 달려와서 기운 없는 목소리로 말했다.

"대대장 동지, 우리 소대 환자 두 사람이 또 갔습니다."

"가다니?"

"약이 떨어진 데다가 밥을 제대로 못 먹어서……. 어제 저녁에도 나물 두 사발을 갖고 갔더니 하나도 들지 않았습니다."

"그게 어디 밥입니까. 멀쩡한 사람도 먹기 싫은데 환자가 먹기는 더 힘들지."

"아침에 일어나지 않아서 만져 보니 숨이 없었습니다."

두톄추이의 얼굴에는 금방 닦은 듯 눈물 자국이 남아 있었다. 까무

잡잡하고 건장하던 사람이 지금은 여위어 말이 아니었다.

"위에선 뭘 어쩌려는 것인지 통 알 수가 없습니다."

진위라이는 불만스러운 마음을 누를 길이 없었다.

"이렇게 날마다 몇 사람씩 굶어 죽다가는 싸움 한 번 못 해 보고 다 죽고 말겠군!"

"다들 싸우다 죽을지언정 굶어 죽지는 않겠다고 합니다."

두 사람이 불평을 늘어놓자 리잉타오가 말허리를 끊었다.

"됐어요. 그만들 하세요. 우리가 여기서 불평한들 무슨 소용이 있겠어요. 어떻게 양식을 마련할지 궁리나 해 봅시다."

진위라이도 아랫사람 앞에서 너무 멋대로 말한 것 같아 머쓱했다.

"오늘은 어디로 갈까요?"

"마오얼가이 강을 지나 동쪽으로 가 보는 게 어떨까요? 서쪽에는 양식을 구하러 온 전사들이 너무 많던데."

진위라이는 야무진 사람으로 한 개 소대를 추린 뒤 나머지는 모두 집에 남겨 두기로 했다. 그는 두톄추이더러 양식을 살 수 있게 은전을 넉넉하게 챙기라고 당부했다.

진위라이와 리잉타오는 서른 명 남짓한 전사들을 이끌고 출발했다. 일행은 마오얼가이 강을 따라 북쪽으로 올라갔다. 몇 리 못 가서 진

위라이는 온몸에 힘이 빠졌다. 머리도 어지러웠다. 요 며칠 밖에서 잤더니 아무래도 감기에 걸린 것 같았다. 도저히 더 갈 수 있을 것 같지 않았지만 아랫사람들 앞이라 차마 입이 떨어지지 않았다. 일을 몽땅 리잉타오한테 떠맡길 수도 없는 노릇이었다. 그는 억지로 기운을 차렸다.

일행은 십 리쯤 걸어 한 나루터에 이르렀다. 강물이 얕아서 걸어서 건너도 될 것 같았다. 사람들이 각반을 풀고 있는데 건너편 숲에서 총소리가 울렸다.

진위라이가 어서 가까운 숲으로 달려가 숨으라고 소리쳤지만 한발 늦었다. 전사 한 사람이 총을 맞고 말았다. 서둘러 숲으로 끌고 들어갔지만 피를 많이 흘려 벌써 숨을 거둔 뒤였다.

강 건너편은 산마루의 나무들이 한데 엉켜 어두컴컴했고, 사람은 아예 보이지도 않았다. 화가 난 기관총수가 금방 총소리가 난 곳에 대고 몇 발 쏘았지만 위협이나 주는 정도였다. 강 건너편 숲을 노려보는 진위라이의 얼굴이 형편없이 일그러져 있었다.

"여기서 머뭇거리지 말고 돌아서 위로 올라가 강을 건너지요."

리잉타오가 먼저 정신을 차리고 대오를 추슬렀다. 그들은 부랴부랴 강가에 시체를 묻고 강기슭을 따라 북으로 올라갔다.

또 십 리쯤 더 걸어서 물이 얕은 곳을 골라 강을 건너기 시작했다. 리잉타오도 각반을 풀고 바짓가랑이를 걷고는 자그마한 짚신을 손에 쥐고 강을 건넜다. 그들이 산골짜기에 들어섰을 때는 벌써 점심때가 지난 뒤였다. 아침에 나물국을 먹은 게 다여서 다들 배에서 꼬르륵 소리가 났다.

"저기, 저기 산허리 벼랑 좀 보세요. 사람들이 숨어 지낼 만한 굴처럼 보이는데……."

리잉타오가 소리쳤다. 사람들은 그게 진짜 동굴인지 아닌지도 모르면서 서둘러 산비탈을 올라가기 시작했다. 산은 어디 가나 쭉쭉 뻗은 나무들로 빼곡했고 발밑은 썩은 잎이 수북해서 걷기 힘들었다.

"저기 보세요, 사람이 있어요!"

누군가 들뜬 목소리로 소리쳤다. 석굴 어귀에 티베트 전통 옷을 입은 남녀가 얼핏 보이더니 다 큰 아이 둘을 데리고 뒷산으로 달아났다.

"도망치지 마세요! 우린 홍군입니다."

리잉타오의 쟁쟁한 목소리가 골짜기를 울렸다.

"여보세요. 무서워 마세요!"

다른 사람들도 따라서 소리쳤다. 하지만 소용이 없었다.

진위라이가 헐레벌떡 산굴 어귀에 올라가 보니 그 사람들은 온데간데없었다. 굴 어귀에 신 한 짝이 떨어져 있었다. 크지 않은 걸 보아 어린아이의 신이 틀림없었다. 그는 무거운 마음을 애써 추스르며 굴 안에 신을 놓아두었다.

굴 바닥에는 어지럽게 풀이 깔려 있고 더덕더덕 기운 붉은 이불과 누더기 같은 옷가지가 보였다. 그리고 반 자루쯤 되는 양식 자루 곁에 낡은 가마솥이 걸려 있었다. 진위라이는 변변찮은 살림살이를 보자 더 속이 쓰렸다.

리잉타오가 곧 뒤따라 들어왔다. 어느새 흥분은 가시고 기운이 없어 보였다. 양식 자루를 풀어 헤쳐 보니 샛노란 옥수수가 들어 있었다. 기껏해야 사오십 근 남짓 될 것 같았다. 진위라이는 자루를 도로 묶어 놓았다. 굶주린 전사들이 너도나도 몰려왔다.

"안에 양식이 없습니까?"

누구도 대답하지 않았다. 전사들은 대대장의 엄숙한 얼굴을 보더니 입을 다물었다.

"그 안에 정말 아무것도 안 들었어요?"

한 소년 전사가 참지 못하고 다시 물었다. 진위라이는 여전히 대꾸가 없었다. 한참 침묵하고 있다가 누더기 같은 옷을 가리키며 고개를 저었다.

"안 됩니다. 그냥 가야 해요. 말도 못하게 가난한 집이야."

"은전을 남겨 놓으면 안 돼요?"

소년 전사는 쉽게 포기하지 않았다. 진위라이가 눈을 부릅떴다.

"우리가 가고 나면 아까 그 사람들은 뭘 먹는단 말입니까? 애가 둘이나 있는 걸 보지 않았습니까?"

"됐어요. 우리 다른 곳에 가서 찾아봅시다."

리잉타오가 등을 돌렸다. 사람들은 고개를 푹 떨군 채 굴을 나섰다.

전사들은 두 눈을 크게 뜨고 다음 목표물을 찾았다. 마침내 오솔길을 걷다가 바로 앞 산꼭대기에 난 큰 동굴을 발견했다. 다들 마지막 남은 힘을 쥐어짜듯 악을 쓰며 올라갔다. 하지만 그것은 굴이 아니라 삐죽이 나온 바위였다.

　서산에 걸려 있던 해가 산마루로 꼴깍 넘어갔다. 산속이라 어둠이
빨리 내려앉았다. 자줏빛 노을이 비껴 있던 하늘이 눈 깜빡할 새에 어
두워지더니 깜깜해졌다. 앞으로 갈 수도 없고 산을 내려갈 수도 없으
니 난처할 노릇이었다. 진위라이는 체력이 벌써 바닥났다. 한 걸음 더
내딛을 힘도 없었다. 그는 야영을 하기로 결정했다.

　잠이야 바람을 피할 수 있는 아늑한 곳을 찾아 풀을 깔고 자면 그만
이었다. 문제는 끼니를 때우는 일이었다. 진위라이는 삶아 주는 나물
을 먹을 힘도 없었다. 호위병이 마른 나뭇가지를 주워 와 모닥불을 지
폈다. 사람들은 잠시나마 따뜻한 기운에 몸을 녹였다.

하늘에 누런 달이 떠올랐다. 달빛, 골짜기, 흰 구름, 나무 들은 사람들이 배가 고프거나 말거나 아름다웠다. 전사들은 쌓아 놓은 풀 위에 누워서 하나 둘 잠이 들었다. 진위라이도 누웠다. 리잉타오만 불 곁에 앉아 있었다.

"동지는 어디서 태어났습니까? 우시無錫 무석 라고들 그러는 것 같던데?"

얼마 뒤 진위라이가 입을 열었다.

"그래요. 어려서부터 우시 방직 공장에서 일했어요."

리잉타오가 대답했다.

"집에 또 누가 있습니까?"

"없어요. 내가 태어나자 아버지가 돌아가시고 잇달아 몇 사람이 죽는 바람에 집에서는 저를 상문살이라고 미워했어요. 어머니만 저를 품어 주셨지요. 하지만 집이 너무 가난해서 어머니도 어쩔 수 없이 저를 민며느리로 보냈어요."

"민며느리라……. 고생이 많았겠네."

"날마다 매 맞고 화풀이당하면서 시부모를 섬겨야 했어요. 그렇게 살 수는 없어서 여공이 되었는데 도망쳐 나온 게 열네 살 나던 해였어요."

"여공 일도 고될 텐데요."

"그럼요. 아침 네 시에 나가서 밤 여덟아홉 시까지 일했는데 겨우 이십 전을 받았어요. 첫 월급을 받아 들고 얼마나 울었는지 몰라요. 그때 우리 여공들 얼굴은 죄 귀신처럼 노랬거든요. 정말 지옥이었어요."

"입대한 지 아주 오래됐다면서요?"

"그리 오래된 건 아니에요. 여공으로 일할 때 늘 점을 쳐 보곤 했는데 점쟁이는 저더러 팔자가 사나울 거라고 했어요. 저는 그 말을 탕탕 믿었지요. 그런데 한번은 새 옷을 입고 점을 친 적이 있어요. 웬걸, 그날은 저더러 팔자가 필 거라고 하지 않겠어요. 그런 게 다 사람 속이는 짓거리더라구요. 제가 입당하게 된 건 상하이에서 온 그 사람 덕분이죠."

"공산당원입니까?"

"네. 그런데 저는 그 사람이 당원인줄 몰랐어요. 책 한 권을 주기에 집에 갖고 와서 읽었어요. 마침 어떤 공무원 집에 세 들어 지낼 때였는데 책을 읽다가 모르는 글자가 있어서 그 집 애한테 물었더니 그 애도 잘 모른다면서 아버지한테 들고 갔어요. 그런데 그 공무원이 소스라치게 놀라더니 저를 쫓아냈지요. 책 한 권 때문에 그런 일이 벌어질 줄 제가 어떻게 알았겠어요."

"그래 어디로 갔습니까?"

"하는 수 없이 공장 사람들이 모여 사는 합숙소에 들어갔어요. 그런데 거기서 공산당이 늘 비밀회의를 열었어요. 제가 아직 어리니까 아무도 꺼리지 않았어요. 저는 아무것도 모르는 방청객에서 발언권 없는 참석자가 되었다가 모임의 정식 회원이 되고 나중에는 중국 공산당 당원이 됐어요."

이렇게 말하며 리잉타오는 나직하게 웃었다.

"그러고 나서는요?"

"그러다가 그 사람하고 같이 파업을 조직했지요."

"그 사람이라니 누구 말입니까?"

"아까 상하이에서 온 노동자가 있다고 했지요? 친치奏起 진기 라는 사람이요."

"동지한테는 아주 인상 깊은 사람인가보군."

"……그래요. 저한테는 혁명의 꿈을 심어 준 스승이지요. 젊고 능력 있고 아주 용감했어요."

"파업이 성공했습니까?"

"성공했어요. 그런데 두 사람 다 공장에서 쫓겨났지요. 늘 노동자 집회에서 연설을 했으니까요. 그 사람은 절대 기운이 빠지면 안 된다고 저를 북돋웠어요."

"그럼 생활은 어떻게 했습니까?"

"이번엔 고치실 공장에 들어갔어요. 우리는 더 신나게 해냈지요. 우시의 노동자 총파업도 비밀리에 조직했어요. 북벌군을 맞으려고 삼만 명이 참가한 대파업을 일으켰거든요. 북벌군이 오기도 전에 우리는 우시 역을 점령했어요. 개고기 장군 장쭝창張宗昌 장종창 은 겁에 질려서 군대를 이끌고 도망쳤다니까요. 그날 제가 수만 명이나 되는 노동자들 앞에서 연설을 했는데 얼마나 신났는지 몰라요."

"나중에는?"

"그리고 4·12 사변이 일어났지요. 모든 게…… 끝장났어요. 그 사

람은 붙잡혀서 총살당했구요. 저도 시골로 도망쳤지요. …… 그 사람
이 죽었다는 소식을 듣고 계속 울었어요. 그제야 그 사람을 마음에 두
고 있었다는 걸 알았어요. 그 사람도 그랬을 텐데……, 둘 다 쑥스러
워서 말도 못 꺼내 봤지요."

한참 동안 조용했다. 진위라이가 다시 말을 꺼냈다.

"그 뒤로 내내 시골에서 지냈습니까?"

"아니요. 거기 있을 수가 없었어요. 저는 목숨을 걸고 당을 찾아갔
지요. 당에선 저더러 상하이로 가라고 했어요. 또다시 그곳 방직공장
으로 들어갔어요. 노동자들을 모아 지하공작을 하려요. 저는 그 사람
들이 좋았고 그 사람들도 저를 좋아했어요. 상하이 방직공들은 정말
고생이지요. 특히 애가 딸린 사람들은 아이를 맡길 데가 없어서 공장
에 데려와요. 아이들이 돌아가는 기계 아래로 이리저리 기어 다니면
서 놀다가 기계에 치여 죽는 일이 많았어요. 그래서 어떤 여공들은 하
는 수 없이 아이를 뒷간에다 두고 일했지요. 난 그래서 자본가들을 정
말 용서할 수가 없어요."

"그 뒤로는 마음에 드는 남자를 못 만났습니까?"

"그건, 어떻게 말해야 할까요? 친치를, 그 사람을 잊을 수가 없어
요. 눈을 감으면 그 사람이 보여요."

"그럼 상하이에서 소비에트 구역으로 왔나 보군요."

"네. 그 뒤에 소비에트 구역으로 왔지요."

"모두들 동지가 왜 혼잣말만 나오면 피하는지 모르겠다고 하더니,
잊을 수 없는 사람이 있었군요."

"……그래요."

달은 하늘 높이 떠올랐고 사위는 쥐 죽은 듯 고요했다. 사람들은 모두 깊이 잠들어 있었다. 진위라이는 리잉타오의 마지막 말이 너무나도 구슬프게 들렸다. 리잉타오는 더 말하고 싶지 않은 모양이었다. 그는 짐 꾸러미에서 귤색 담요를 꺼내 펴더니 절반만 덮었다.

"위라이 동지, 덮어요."

"그래서야 되겠습니까?"

진위라이는 꼼짝하지 않았다. 그가 담요에 손도 못 대고 맨몸으로 웅크리고 누워 있자 리잉타오가 나무라듯 말했다.

"지금이 어느 때라고 내외를 하세요?"

그러고는 남은 반쪽으로 진위라이를 덮어 주고는 한쪽으로 돌아 누 웠다. 진위라이는 어지간히 긴장이 되는지 안절부절못했다. 그는 몸 을 이불 밖으로 좀 빼내고 나서야 잠이 들었다.

진위라이는 뼈가 시릴 듯한 추위에 잠을 깼다. 모닥불은 이미 꺼져 있었다. 곁에 누운 리잉타오와 전사들은 세상모르고 자고 있었다. 그 는 배가 너무 고팠다. 아무래도 일어나서 움직이는 편이 나을 것 같았 다. 그는 담요를 리잉타오한테 마저 잘 덮어 주고는 산을 내려갔다.

산비탈을 따라 허적허적 내려오는데 눈이 번쩍 뜨였다. 아래에 산

양이 새하얗게 누워 있었다. 못해도 백 마리는 넘을 것 같았다. 대대
는 물론 전 연대의 양식을 마련할 수 있을지도 몰랐다.

그는 너무 기뻐서 구르다시피 걸어 내려갔다. 보기에는 그리 높지
않은 산인데 생각보다 시간이 걸렸다. 다리에 힘이 풀려서 나무 그루
터기에 걸려 두 번이나 넘어졌지만 살찐 양들을 내려다보면서 기운을
차렸다.

마침내 산기슭에 이르렀다. 양들은 여전히 달빛 아래 조용히 엎드

려 있었다. 그런데 양치기가 곁에 없었다.

"이봐요. 누구 없어요?"

두리번거리며 나직이 불러 보았지만 기척이 없었다. 진위라이는 앞으로 조금 더 걸었다.

그러다가 흠칫 멈춰 섰다. 양이 아니었다. 흰 바윗돌이었다. 믿을 수가 없어 다가가서 만져 보았다. 차갑기만 했다.

그는 털썩 주저앉아 가쁜 숨을 몰아쉬었다. 일어설 수조차 없었다. 진위라이는 너무 배가 고파 손에 잡히는 대로 풀을 뽑아 씹기 시작했다. 하지만 곧 흰 양을 닮은 돌 위에 쓰러졌다.

이튿날 사람들은 대대장이 사라졌다는 걸 알아차렸다. 보초병은 누군가 오줌을 누러가는 것 같더라며 웅얼거렸다. 사람들은 길을 나누어 진위라이를 찾으러 나갔다. 하지만 전사들이 그를 찾아냈을 때는 손에 풀을 꼭 쥔 채 싸늘하게 식어 버린 뒤였다. 그가 왜 여기서 죽었는지는 아무도 알 수 없었다.

이제는 리잉타오가 이 소대에서 가장 높은 사람이었다. 리잉타오는 장시에서 온 이 영웅을 묻기로 결정했다. 여월 대로 여윈 진위라이의 시체를 묻으며 두뗴추이와 리샤오허우, 리잉타오는 서럽게 울었다.

두톄추이와 리샤오허우에게는 자신들을 해방시켜 준 사람이고 리잉타
오에게는 진위라이가 영웅이자 친치 같은 사람이었다. 리잉타오는 조
금씩 열어 가던 마음을 거둬야 했다.

평더화이도 지금처럼 싸우지도, 전진하지도 않는 상황이 갑갑했다.
하루는 그가 마음을 추스르며 생각에 잠겨 있는데 갑자기 한 참모가
전화로 4방면군 장궈타오의 비서가 찾아왔다고 보고했다. 평더화이
는 위층에 앉아 기다렸다.

조금 지나자 호위병이 한 사람을 데리고 층계를 올라왔다. 그는 깎

듯하게 경례를 하더니 말했다.

"저는 장 주석 동지의 비서 황차오입니다. 명을 받고 펑 군단장을 뵈러 왔습니다."

펑더화이가 쓱 훑어보니 젊고 잘생긴 군관이었다. 갸름한 얼굴은 하야말쑥했고 서글서글한 두 눈은 총명하고 영리해 보였다. 펑더화이는 그와 악수를 나누고 화덕 가에 자리를 권했다.

황차오는 앉자마자 거침없이 말주머니를 풀어헤쳤다. 후배로서 그동안 이름난 펑 장군을 흠모해 왔는데 오늘에야 만나게 되었다며 펑더화이를 추어올렸다. 펑더화이는 황차오의 인사가 끝도 없이 이어지자 말허리를 끊었다.

"다 한집안 사람인데 그렇게 예의를 차릴 것 없어요."

"예의라니요."

황차오는 더 목소리를 높였다.

"1방면군이 장정에 나서 만 팔구천 리를 헤쳐 오는 동안에도 펑 군단장께서 요새를 무너뜨리고 거점을 빼앗으면서 명성을 떨치지 않았습니까! 우리 홍군은 물론이고 적들도 간담이 서늘했지요. 장 주석께서는 늘 펑 군단장 얘기를 하면서 이곳이 생활하시기에 너무 어렵지 않을까 걱정하셔서 몇 가지 물품을 좀 가져왔습니다."

"그래요? 고마운 일이군."

펑더화이가 말했다. 황차오는 호위병이 나가자 펑더화이 쪽으로 몸을 기울이며 속삭이듯 물었다.

"펑 군단장 동지께서는 후이리 회의에 참석하셨습니까?"

"그래요, 들어갔지요."

펑더화이는 왜 이런 걸 물어볼까 생각하면서 대꾸했다.

"그때 처지가 좋지 않으셨지요?"

황차오는 눈을 약삭빠르게 깜짝이며 말했다.

"처지라니? 무슨 처지 말입니까?"

이 젊은이가 이런 이야기를 꺼내다니 정말 뜻밖이었다. 황차오가 웃으면서 말했다.

"억울하게 당하고 보면 즐거울 리가 없지요."

펑더화이는 거친 눈길로 황차오를 바라보았다.

"비판을 좀 받았을 뿐입니다. 그런 일쯤이야 우리 당에서는 예삿일 이지요."

"비판받는 일이야 물론 있을 수 있겠지만……."

황차오가 웃으면서 말을 이었다.

"만약 불공평하다면 안타까운 일이지요."

"괜찮습니다."

펑더화이가 말을 받았다.

"잘 싸우지 못했으니 비판을 받는 것은 아주 자연스러운 일 아닙니 까."

그러더니 펑더화이는 황차오를 쏘아보며 말했다.

"왜, 후이리 회의에 대해 알고 싶습니까? 중앙에서 동지한테 뭐라고 이야기했어요?"

그러자 황차오가 얼굴을 붉히며 말했다.

"아니, 아니, 그냥 물어본 겁니다. …… 장 주석께서는 펑 군단장 동지를 아주 잘 알고 있고 또 관심을 갖고 계십니다."

펑더화이는 딱딱한 얼굴로 퉁명스럽게 내뱉었다.

"우린 전에 만난 적도 없어요."

황차오는 과감한 공격이 먹혀들지 않자 기세가 한풀 꺾였다. 하지만 맡은 일을 어떻게든 해내기 위해 애써 기운을 냈다. 황차오는 재빨리 말머리를 돌렸다.

"1 · 4방면군이 합류하고 나서 확실히 힘이 커졌습니다. 하지만 행동 방침이 정확해야 할 겁니다. 만약 조금이라도 잘못되면 병력이 아무리 많아 봐야 안 되지요."

펑더화이의 얼굴에 어이없는 웃음이 스쳤다.

"황 비서, 동지 생각에는 어떻게 해야 정확할 것 같습니까?"

황차오는 좀 어정쩡해졌다. 그는 우물쭈물 대답했다.

"제 생각이라기보다 장 주석 생각인데 역시 남쪽으로 가는 게 좋을 것 같습니다. 장 주석께서는 항상 북벌을 하려면 반드시 먼저 남쪽을 정복해야 한다고 하셨습니다."

"그게 어떤 상황에 들어맞는 전술인지 알고나 있습니까?"

펑더화이가 경멸하듯 웃으며 말했다.

"그건 제갈량이 촉나라 후방을 튼튼하게 한 방법이지요. 우리는 지금 근거지도 없는 형편인데 그런 후방이 어디 있습니까?"

황차오는 예상치 못한 반격에 방망이로 얻어맞은 듯 놀랐다. 하지만 위엄 있는 장군 앞이라 예의를 갖춰 몇 마디 주워섬겼다.

"펑 군단장 동지, 북진도 그렇게 쉬운 일이 아니지요. 후중난은 장제스 밑에 있는 부대로 무기며 이런저런 장비가 훌륭하고 전투력도 보통이 아닙니다. 그리고 기병 부대는 장비가 뛰어나고 훈련이 잘되어 기병들이 군도를 차고 초원을 달리기라도 하는 날에는 정말……."

펑더화이는 얼굴에 노기를 띠고 말허리를 끊었다.

"왜, 백군한테 얼이 빠졌습니까?"

황차오는 얼굴이 벌겋게 달아올랐다. 그는 잠깐 말을 멈췄다가 다시 말을 이었다.

"정세를 판단할 때는 냉정하고 객관적이어야 정확한 답을 얻을 수 있습니다. 장 주석께서 거듭 말했듯이 소비에트 운동은 이미 힘을 잃고 있습니다. 이것은 인정하지 않으면 안 되는 일이지요. 장 주석께서는 또 우리 공산주의자들이 아직도 '좌'로 치우친 사상을 벗어나지 못한다면 우리 세대의 가장 큰 비극을 낳게 될 거라고 경고했습니다."

펑더화이는 적이 놀랐다.

'이런 풋내기가 혼자 생각으로 떠벌릴 이론은 아닌 듯싶은데 말이야.'

펑더화이는 입을 꾹 다문 채 말이 없었다. 황차오는 자신이 너무 성급했다는 것을 깨닫고 몸을 일으켜 층계 아래에 대고 소리쳤다.

"호위병, 가져온 것들 좀 들고 오세요."

그 소리에 아래에서 기다리고 있던 호위병 둘이 올라왔다. 한 사람은 큰 자루와 작은 자루를 하나씩 메고 있었고 다른 한 사람은 묵직한 가죽 가방을 들고 있었다. 황차오는 웃는 얼굴로 작은 자루를 가리키며 말했다.

"이건 말린 소고기 수십 근인데 맛이 좋습니다."

그러더니 큰 자루를 가리켰다.

"이것은 흰쌀인데 몇 되 될 겁니다. 우리 장 주석께서 쓰촨·산시 근거지에서 갖고 온 것이지요. 여기서는 구하기가 대단히 힘듭니다."

말을 마치고 그는 다른 호위병한테서 묵직한 가죽 가방을 받아 들

더니 안에서 꾸러미 몇 개를 꺼냈다.

"이건 은전 삼백 냥입니다. 장 주석의 조그만 성의지요."

흰쌀과 소고기를 보고 고개를 끄덕이던 펑더화이는 은전을 보자 얼굴빛이 흐려졌다.

"이게 무슨 짓입니까!"

그가 사납게 소리쳤다.

"장 주석께서는 군단장 동지의 주머니 사정이 좀 그런 것 같다고……."

펑더화이는 치미는 화를 애써 참았다. 그는 돌부처마냥 냉랭한 얼굴로 자리에 못 박힌듯 서 있었다.

황차오는 부랴부랴 돈을 널빤지를 쌓아 만든 탁자 위에 올려놓았다. 그는 슬쩍 눈치를 살피더니만 얼른 힘 있게 경례를 붙였다.

"펑 군단장 동지, 피곤하실 테니 이만 돌아가겠습니다."

펑더화이는 마지못해 고개를 끄덕였다. 황차오는 호위병을 데리고 꽁무니를 빼려는 듯 허겁지겁 층계를 내려갔다. 황차오가 멀리 사라진 뒤에도 펑더화이는 화가 치밀어 올라 욕을 해 댔다.

"퉤! 같잖은 놈. 아주 옛 군벌들이 하던 식이군!"

펑더화이는 화덕 가에 앉아 그 풋내기가 온 까닭을 짐작해 보았다.

그때 정치위원 양상쿤이 들어왔다.

"더화이 동지, 황차오가 왔다면서요. 그래 뭐랍니까?"

펑더화이는 탁자 위에 놓인 은전 꾸러미를 가리키며 분통을 터뜨렸다.

"장궈타오가 이 펑더화이를 어떤 사람으로 생각하나 한번 보세요. 날 군벌로 본단 말입니다. 군벌이 좋으면 내가 왜 홍군이 됐겠습니까? 당치도 않은 일이지!"

양상쿤도 낯빛을 흐린 채 생각에 잠겼다.

마오얼가이에서 보낸 시간은 마치 무딘 칼로 고기를 썰듯 고통스럽고 지루했다. 마을 둘레나 밭머리에서 밤을 지새우던 전사들은 추워서 잠을 설치기 일쑤였다. 낮에는 배가 고파 견딜 수 없었다. 더욱이 인민들이 달아나 버려 텅 빈 마을을 지키다 보면 한없이 외롭고 괴로웠다.

류잉도 초조하고 불안했다. 그는 틈만 나면 장원톈을 찾아가 이야기를 나누었다. 이날 아침에도 두 사람이 화덕 가에 마주 앉아 있는데 호위병이 편지를 갖고 들어왔다. 홍군 전선 총지휘부 정치위원 천창하오가 오가는 사람 편에 편지를 맡긴 것이다. 장원톈이 편지를 펼쳐 보니 우아하고 멋진 글씨가 눈에 들어왔다.

서로 멀리 떨어져 오랫동안 만나지 못했지만 동창으로 만나 나누던 정은 늘 마음속 깊이 간직하고 있습니다. 바쁜 걸음이긴 하지만 얼마 전 얼굴을 보면서도 깊이 이야기 나눌 시간이 없어 아쉬웠습니다. 이곳에 와서 회포나 한번 풀 수 있다면 정말 고맙겠습니다.

천창하오 드림.

편지를 읽더니 장원톈은 고개를 끄덕이며 호위병에게 말했다.

"심부름 온 사람한테는 내가 좀 이따가 내려갈 거라고 해 주세요."

호위병이 아래로 내려갔다. 편지를 그대로 쥐고 한참 생각에 빠져 있던 장원톈의 얼굴에 슬며시 웃음이 떠올랐다. 류잉이 궁금해서 물었다.

"뭐가 그렇게 우스워요?"

장원톈은 편지를 거두고 안경을 추켜올리면서 대답했다.

"나를 설득할 생각인가 봐요."

"괜히 넘겨짚는 것 아니에요?"

류잉이 입을 삐죽이며 말했다.

"그저 몇 년만에 만난 모스크바 동창하고 마음을 나누려는 거겠지요."

"그럴 수도 있겠지."

장원톈이 말했다.

"하지만 당신은 모르는 일이 있어요. 며칠 전에 장궈타오가 사람을 보내 펑더화이한테 선물이라면서 돈을 건넸다거든. 그 일로 펑더화이는 화가 머리끝까지 났고."

"그럼 당신이 천창하오를 설득하면 되겠네요."

류잉이 말했다.

"지금 쑹판을 치는 일마저 뜻대로 되지 않아 마오 주석은 화가 나도 어쩔 수 없지 않아요. 이러다간 우린 여기에 갇혀 죽고 말 거예요. 천창하오는 우리하고 같이 공부하던 사람이니 당신이 만나서 잘 설득해 보세요. 장궈타오의 측근인 데다가 두터운 신임을 받는 사람인데 마음이 돌아선다면 좋은 일이니까."

장원톈은 연신 고개를 끄덕이며 말했다.

"내 생각도 마찬가지예요. 며칠 전에 쩌둥이 나더러, 장궈타오는 벌써 사람을 보내왔는데 나도 하루빨리 쑹판을 치도록 천창하오를 설득하러 가는 게 어떠냐고 하더군."

류잉은 자신만만하게 말했다.

"그럼 가 보세요. 우린 모스크바에서 천창하오하고 가까운 사이였잖아요. 장궈타오는 노련하고 교활한 사람이지만 천창하오야 그 사람한테 견주면 무척 단순한 편이지요."

"당신도 함께 가겠나?"

장원톈이 웃으며 말했다.

"군사 기밀을 의논할 텐데 내가 가서 뭘 해요."

장원톈은 금세 준비를 끝내고 아래층으로 내려갔다. 천창하오는 얼마 멀지 않은 마을에 묵고 있었다. 장원톈은 호위병 둘을 데리고 밭사이에 난 오솔길을 따라 걸어갔다.

4방면군 본부는 진작 홍군의 전선 총지휘부가 되어 있었다. 장원톈이 자그마한 층집 문어귀에 이르자 천창하오가 벙글벙글 웃으면서 마

중을 나왔다. 몸집이 우람하고 날렵해 생기 있어 보였다.

두 사람은 사다리를 타고 이 층으로 올라갔다. 방 안은 아주 깔끔했다. 한쪽 벽에는 군용 지도가 걸려 있고 탁자에는 군용 담요가 깔려 있었다. 사령부의 엄숙하고 정연한 분위기가 배어 나왔다. 두 사람이 의자에 자리를 나누어 앉자 호위병이 찻물을 올려다 놓고는 아래층으로 내려갔다.

장원텐은 대견한 눈길로 천창하오를 바라보았다.

"창하오, 그때 자네는 열여덟인가 아홉이었지?"

"아닙니다. 열일곱이었지요."

"그랬나! 그때 모두 자네를 동생처럼 여겼는데 몇 년 사이에 십만 대군을 거느리고 싸움터를 주름잡는 지휘관이 되었군."

천창하오의 불그레한 얼굴에 금세 윤기가 돌면서 우쭐한 기색이 스쳤다. 그는 겸손하게 몇 마디 하는가 싶더니 술술 이야기를 쏟아 내기 시작했다.

"네. 제가 후베이·허난·안후이에 가서 그곳 당 위원회 서기를 맡을 때가 스물네 살이었으니까요. 궈타오 동지가 쩡중성 曾中生 증중생 을 끌어내린 뒤에 저더러 홍군 4군단 정치위원으로 가라고 했지요. 처음에는 군사를 잘 모르니 자신이 없었습니다. 한데 몇 번 싸우고 보니까 싸움도 별것 아니더군요."

천창하오는 장궈타오를 따라 길지 않은 시간 동안 6기 4중전회 노선을 잘 집행한 덕분에 상황이 금방 나아졌다고 말했다. 1931년에는 군사가 삼만 명으로 늘어나 홍군 4방면군을 만들었고, 4대 전투를 치르면서 정규군 마흔 개 연대에 이르는 적군 육만여 명을 무찌르고 총지휘관을 비롯한 사단장, 여단장 여러 명을 사로잡았다. 이로써 후베이 · 허난 · 안후이 소비에트 구역은 인구가 삼백오십만을 넘어섰다.

천창하오는 신명이 나는지 얼굴에 흡족한 빛이 무르녹았다. 장원톈이 물었다.

"듣자니 황안黃安 황안을 칠 때 직접 비행기를 타고 폭탄을 던졌다고 하던데 사실인가?"

"예. 사실입니다."

천창하오는 한껏 달아오른 목소리로 그때 일을 들려주었다.

전투에서 독일제 비행기를 한 대 빼앗았는데 비행기 조종사도 같이 홍군으로 넘어왔다. 그들은 그 비행기를 새로 칠한 다음 이름을 레닌 호라고 짓고 몸체에 '레닌'이라는 글자와 빨간 별을 그려 넣었다. 황안을 칠 때 적 69사단 사단장 자오관잉趙冠英 조관영은 열흘 남짓 포위되어 있었지만 투항하지 않았다. 그들은 레닌 호를 직접 전투에 내보내기로 결정하고 총공격을 하기 전에 본때를 보여 주기로 했다. 적기가 퍼붓는 폭격에 당한 기억만 숱한 사람들인지라 이번에는 홍군의 '달걀'이 얼마나 무시무시한지 보여 주고 싶었다.

천창하오가 크게 웃으며 말했다.

"비행기가 이륙할 무렵 제가 탔습니다. 곁에서는 모두 정치위원 동지가 어찌 비행기를 타고 폭탄을 던질 수 있느냐면서 안 된다고 말렸지요. 하지만 저는 안 될 이유가 없지 않느냐, 이거야말로 가장 설득력 있는 정치 공작이다 하면서 비행기를 탔습니다. 마침 눈이 온 뒤라 날씨가 맑고 햇빛이 찬란해 아래가 아주 똑똑히 보였습니다. 우리 비행기가 하늘에 오르자 수많은 전사들이 신이 나서 모자를 공중에 던지면서 겅중겅중 뛰었지요. 적들은 우리가 황안 상공에 이르렀는데도 멍청하게 자기네 비행기인 줄 알고 있었어요. 비행기가 날개를 기우뚱하자 제가 박격포 포탄을 잇달아 내리 던졌습니다. 아래에서는 검은 연기가 치솟더군요. 비행기가 한 바퀴 빙 돌고 날개를 다시 기우뚱하자 또 포탄을 떨어뜨렸습니다. 그때까지도 적들은 자기네 비행기가 목표를 잘못 잡은 줄 알고 표지만 자꾸 내흔들더군요. 그래서 제가 선전문을 잇달아 던졌습니다. 빨갛고 파란 선전문이 황안 하늘을 뒤덮자 그제야 적들은 우리 홍군의 비행기가 머리 위에 떠 있다는 것을 알았지요. 절망한 적들은 얼마 뒤 포위를 뚫으려고 했지만 결국 우리 손에 끝장이 났습니다."

장원톈은 흥미롭게 들었다. 이처럼 용감하고 패기 있는 모스크바 동창이 대견스러웠다.

"하지만, 그런 행동은 너무 위험해."

장원톈이 웃으면서 말했다.

"아니요."

천창하오가 웃으면서 반박했다.

"전쟁 자체가 위험하지 않습니까! 세상에 위험하지 않은 일이란 없습니다."

"그런 뜻이 아니라 늘 자네의 위치를 생각해야 한다는 얘기지. 한 방면군의 정치위원으로서……."

"참, 뤄푸 동지, 동지도 잘 아실 텐데요."

천창하오의 말투에는 제법 노련한 맛이 배어 있었다.

"전선에 서면 지휘관의 모범이 무엇보다 중요하지요. 지휘관이 앞에 나가 기관총을 쏘는 것은 맡은 일에 어긋나는 행동이라고 나무라는 사람도 있지만 사실 그렇지 않습니다. 위험할 때일수록 그렇게 해야지요. 우리 부대는 돌격하기만 하면 새끼 호랑이처럼 용맹한데 이런 분위기가 그렇게 길러진 것 아니겠습니까!"

장원톈은 입을 다문 채 웃기만 했다. 그는 이제 다른 이야기를 나누고 싶었지만 천창하오는 한껏 들떠 눈을 반짝이면서 계속 말을 이어나갔다.

4방면군은 후베이·허난·안후이 근거지를 떠나 삼천 리를 떠돌면서 부대는 큰 손실을 입고 나중에는 만 사오천 명밖에 남지 않았다. 하지만 쓰촨·산시 소비에트 구역을 새로 일구면서 금세 병력이 팔만으로 불었고 소비에트 구역 인구가 오백만으로 늘어 중앙 소비에트 구역에 버금가는 근거지가 되었다. 이 기간에 그들은 차례로 삼면 포위 공격과 세 차례 토벌, 그리고 여섯 갈래로 조여 오는 포위 공격을 물리치고 적 십삼만 명을 무찔렀다. 이십만에 이르는 쓰촨 군벌이 여섯 갈래로 나뉘어 조여 올 때는 열 달 동안 힘든 싸움을 해야 했다. 하지만 마침내 적군 팔만 명을 섬멸하고 적들의 공격을 막아 냈다.

천창하오는 늠름한 기세로 온갖 어려움을 이겨 낸 장군답게 자신감을 내비쳤다. 장원톈도 고개를 끄덕이며 말했다.

"놀라운 성과야. 4방면군 동지들은 정말 당당하게 잘 싸웠더군."

총서기의 칭찬을 듣자 천창하오는 더할 나위 없이 흡족해 보였다.

"이 모든 게 궈타오 동지의 지도력 때문이지요. 궈타오 동지는 정말 능력 있고 패기가 넘쳐 큰일을 맡을 만한 인물입니다. 하지만 유감스럽게도 궈타오 동지를 놓고 노련한 기회주의자라고들 쑥덕거린

다지요."

'결국 이 얘기로군.'

장원톈이 안경 너머로 천창하오를 힐끗 바라보았다. 이런 이야기가 마땅찮았지만 총서기로서 당의 원칙을 말하지 않을 수도 없었다.

"그렇게 쑥덕거리는 것이야 옳지 않지만 궈타오 동지도 결함이 있어. 중대한 고비에서 여러 번 균형을 잃었지."

"균형을 잃다니요?"

천창하오가 날카롭게 되물었다. 장원톈은 부드럽게 말을 꺼냈다.

"내가 균형을 잃었다고 말한 건 근본적인 노선 문제에서 장궈타오 동지가 때로는 좌, 때로는 우로 흔들렸다는 얘기야."

이 자리에서 따져 보았자 별 소용이 없는 문제라는 게 불 보듯 뻔했지만 오래전 가깝게 지내던 아우를 생각한다면 몇 마디 해 줄 필요가 있을 것 같았다. 그는 대혁명 시기 장궈타오가 처음에는 국민당과 공산당이 힘을 모아 통일 전선을 세우는 것을 반대하다가 통일 전선이 이루어지자 천두슈陳獨秀 진독수 편으로 간 일을 들었다. 젊고 혈기 넘치는 천창하오는 곧장 장원톈의 말허리를 끊었다.

"그건 모두 지나간 일이지요. 저는 반드시 그 사람이 쌓아 온 성과를 잘 살펴야 하고, 곁다리가 아니라 큰 줄기를 보아야 한다고 생각합니다. 궈타오 동지는 코민테른 편에 서서, 우리 중국 공산당 6기 4중전회 노선을 충실하게 실천에 옮기고 있습니다. 그 결과를 보더라도 역시 마찬가지입니다. 궈타오 동지가 이끄는 부대가 팔만여 명으로 늘었으니 누구한테도 뒤떨어지지 않지요. 제가 주제넘게 드리는 말씀입니다만 궈타오 동지는 군사 위원회 주석을 맡더라도 얼마든지 잘 해낼 수 있을 겁니다."

장원톈은 더 말을 섞지 않았다. 얼굴이 금세 딱딱하게 굳었다. 그는 미끄러져 내리는 안경을 들어 올리면서 생각했다.

'오늘은 성과가 없겠군. 장궈타오에 대해서는 아예 얘기하지 않는 게 낫겠어.'

장원톈이 억지로 웃으며 말했다.

"이 문제는 나중에 얘기하지. 궈타오 동지는 이미 전군을 지휘하는 자리에 있네. 영웅이 자기의 힘을 뽐낼 수 있게 되지 않았나. 우리는 하루빨리 쑹판을 치는 일이나 얘기해 봄세. 아래 지휘관들이 모두 마음이 바쁘거든."

"저라고 왜 급하지 않겠습니까!"

천창하오의 말투가 좀 딱딱해졌다.

"제가 쉬 총지휘관하고 같이 궈타오 동지한테 얘기했습니다. 조직 문제만 해결되면 당장 칠 거라고 하면서 쏭판을 치는 건 문제없다고 했습니다."

"조직 문제라면 풀리지 않았나? 궈타오 동지를 총정치위원으로 임명했으니까."

장원톈도 말투가 거칠어졌다. 천창하오가 분위기를 누그러뜨리려는 듯 웃었다.

"궈타오 동지가 말하지 않았습니까. 자기 한 개인의 지위 때문이 아니라 전체 조직 구성을 현실에 맞게 바꿔야 한다구요."

장원톈은 말문을 닫았다. 동창생이자 한때는 형제나 다름없이 지낸 천창하오를 바라보며 한숨을 삼켰다. 서로 뜻은 분명히 밝혔다. 상대방을 자기 쪽으로 끌어들이기 위해 마주 앉았지만 설사 더 말을 한다고 해도 아무 소용이 없다는 것을 빤히 알고 있었다. 두 사람은 숨을 고른 뒤 다시 모스크바에서 공부하던 이야기로 돌아갔다.

점심은 옥수수떡에 단출한 채소 몇 가지가 올라왔다. 넘치는 대접이었다. 밥을 먹으면서도 두 사람은 저마다 딴생각에 빠져 있었다. 그저 어색한 침묵을 깨기 위해 시답잖은 말들만 주고받았다. 장원톈이 자리에서 일어서자 천창하오는 두꺼운 양모 옷감을 들고 나와 웃으면서 말했다.

"뤄푸 동지, 이걸 류잉한테 갖다 주십시오. 이곳 특산품인데, 북쪽으로 가게 되면 쓸모가 있을 겁니다."

그는 마다하지 않고 호위병더러 거두라고 했다. 장원톈은 언짢은 기분으로 발길을 돌렸다.

'노선 문제로 등을 지게 되면 아무리 가까운 친구라도 쓸모없는 거로군.'

한숨이 절로 나왔다. 이 생각, 저 생각 하는 사이 쉬화자이쯔에 이르렀다. 마오쩌둥이 나뭇잎을 만 담배를 손에 쥔 채, 마을 어귀를 거닐고 있었다.

"뭐푸, 어때요? 얘기가 잘되었습니까?"

마오쩌둥이 걸음을 멈추고 기대에 차서 물었다.

"실망입니다."

장원톈이 고개를 저으며 한숨을 쉬었다.

"자기 이익에만 빠삭하지 당이나 혁명 따위는 관심도 없는 사람이니 어쩌겠습니까!"

"쌍판을 치는 일은 동의했고?"

"천창하오는 말은 동의한다고 하는데 중앙에서 조직을 새롭게 구성한 다음에 다시 보자더군요."

마오쩌둥은 피우던 담배를 홱 내던졌다.

"장궈타오가 총정치위원이 되지 않았습니까? 또 무슨 조직을 새로 꾸린단 말입니까?"

"그들은 중앙 정치국과 중앙 위원회를 몽땅 손에 넣으려고 해요."

마오쩌둥은 발끈 성을 냈다.

"이건 협박이에요. 당이 어려울 때를 틈타 협박하는 거란 말입니다."

그는 버릇처럼 손을 허리에 지르고는 소리를 질렀다.

"물론 협박이지. 정치 협박이요."

"장궈타오가 치기 싫다면 1군단, 3군단을 보고 치라고 하면 됩니다. 북진은 누구도 막을 수 없을 거예요."

마오쩌둥이 사납게 화를 내자 장원톈이 곁에서 다독였다.

"쩌둥, 역시 마음을 가라앉히고 의논하는 게 좋겠어요. 언라이를 불러 토론해 보고 다시 봅시다."

저만치서 이삼십 명쯤 되는 홍군 소대가 다가왔다. 다들 먼지투성이에 군복은 남루하기 짝이 없었다. 한 사람이 자루 두 개를 얹은 새까만 야크를 끌고 있었고 뒤로 양이 네댓 마리 따르고 있었다. 멀리 양식을 마련하러 나갔다 돌아오는 전사들 같았다.

마오쩌둥과 장원톈이 한참 바라보고 섰는데 앞에서 권총을 차고 걷던 청년이 달려와 경례를 붙였다.

종아리가 훤히 드러난 반바지 차림에 조그만 짚신을 신고 있었다. 앞섶 단추가 두 개나 떨어진 데다, 앞자락은 가시에 걸렸는지 너덜너덜했다. 마오쩌둥은 곱상한 얼굴이 낯익었지만 이름이 얼른 생각나지

않아 가만히 쳐다보았다.

"마오 주석 동지, 절 모르시겠어요? 잉타오입니다."

리잉타오가 눈을 가늘게 일그러뜨리며 곱게 웃었다.

"응? 동지가 정말 잉타오라고?"

마오쩌둥은 그만 소스라치게 놀랐다. 예쁘장하던 사람이 이 모양이 되었을 줄은 생각지도 못했던 것이다.

긴 머리칼은 온데간데없고 얼굴은 이곳 사람들처럼 새까맸다. 다리는 성한 데가 없이 온통 상처투성이였다. 살짝 봉긋하게 솟은 가슴과 짚신에 조그맣게 달아맨 빨간 술이 아니라면 여성 동지라는 걸 믿기 힘들 지경이었다.

마오쩌둥은 마음이 아파 그대로 얼굴을 돌리고는 한참이나 말문을 열지 못했다.

"이렇게 추운데 왜 반바지를 입고 있어요?"

"온 산이며 숲 속을 헤집고 다녔더니 바지가 갈기갈기 찢어졌어요. 그래서 아예 잘라서 붕대로 써 버렸지요."

리잉타오가 생글생글 웃으며 말했다.

"그럼 머리는?"

"머리요? 진즉 이들 소굴이 된걸요. 전에는 여자들끼리 잡아 주곤 했는데 지금은 어쩔 수 없으니까요. 성가셔서 싹 잘라 버렸습니다. 괜찮아요. 어차피 또 자랄 텐데요."

그러고는 별일 아니라는 듯 웃었다. 리잉타오와 함께 온 소대원들은 지친 발걸음을 옮기며 떠나갔다. 양식을 실은 야크와 양 몇 마리가 천천히 뒤를 따랐다. 장원톈이 물었다.

"저 야크랑 양은 모두 사 온 겁니까?"

"네. 얼마나 힘들었는지 아십니까! 동지들도 여럿 희생됐습니다.
진위라이 동지도 전사했구요."

"뭐요? 진위라이도? 티베트 병사한테 당한 겁니까?"

"아니요. …… 굶어 죽었습니다."

마오쩌둥은 얼굴이 가맣게 질리더니 중얼거렸다.

"그 채우기 힘든 욕심 때문에 얼마나 많은 대가를 치러야 하는
지……."

홍군은 추위와 굶주림에 시달리면서 8월을 맞았다. 6월 12일에 두 방면군이 합류하고 나서 한 달하고도 스무날이 지났고 6월 26일, 량허커우에서 회의를 한 지도 한 달이 넘었다.

그동안 쏭판 작전 계획을 두 번이나 세웠지만 모두 물거품이 되었다. 하지만 적들은 끊임없이 움직이고 있었다. 우선 후중난 군대가 쏭판, 장라樟臘 장랍, 난핑南坪 난핑 일선에 방어선을 치고 서둘러 사격 진지를 만들어 홍군의 북상을 막았다. 류샹이 이끄는 쓰촨 군대는 남부

와 동부를 포위하면서 마오궁, 베이촨北川 북천, 마오 현, 웨이저우威州 위주와 민 강 동쪽을 점령했고, 오랫동안 꼬리를 물고 따라오던 쉐웨의 군대는 쓰촨에서 몸소 위문을 온 장제스 일행을 만난 뒤 북쪽으로 에 돌아 핑우平武 평무와 간쑤 남부에 있는 원 현文縣 문현을 점령했다. 홍 군을 둘러싼 포위망이 또 하나 튼튼하게 만들어졌다.

장제스는 어메이 산峨帽山 아미산에서 군용 지도를 펴 놓고 전장을 가 늠했다. 그는 홍군을 쓰촨 서부 지역에 몰아넣고 한 번에 쓸어버릴 작

정이었다.

홍군 지도부는 불안했다. 8월인데도 해발 삼천 미터가 넘는 뤄얼가이若爾蓋 약이개 초원은 벌써 찬 바람이 뼈를 스몄다. 마오쩌둥과 장원톈은 낡은 외투를 걸치고 저우언라이가 묵고 있는 집을 찾아갔다.

체력이 전 같지 않다는 것은 진작 알고 있었지만 오늘 보니 저우언라이는 더 여윈 데다가 몹시 지쳐 보였다. 그는 퀭한 얼굴로 지도를 들여다보면서 생각에 잠겨 있었다. 곁에 보리와 완두 싹이 조금 든 밥그릇이 놓여 있었지만 아직 손을 대지 않은 것 같았다.

"언라이, 어디 불편한 것 아닙니까?"

마오쩌둥이 다가가서 물었다.

"아니, 괜찮은데."

저우언라이가 웃으면서 말했다.

"왜 밥도 안 먹고 그러고 있나?"

장원톈이 밥그릇을 가리키며 말했다.

"좀 이따가 먹으려고."

그들은 화덕 가에 놓인 쪽걸상에 앉았다. 저우언라이가 두 사람을
돌아보며 입을 열었다.

"적들이 바쁘게 움직이고 있더군요."

"그래요. 그 일로 찾아온 겁니다."

마오쩌둥이 대답했다.

"어찌 하면 좋겠습니까?"

"쌍판을 못 칠 것 같군."

마오쩌둥은 가벼운 한숨을 쉬며 뇌까렸다. 저우언라이가 상 위에 놓인 지도를 힐끔 보고는 말했다.

"반나절 내내 생각해 봤는데, 내 생각도 그래요. 하지만 그럼 어쩔 겁니까?"

"나는 남쪽으로 가는 건 길이 아니라고 생각해요. 우리는 북상한다는 방침을 지켜야겠지."

마오쩌둥이 단호하게 뜻을 밝혔다. 쑹판과 민 강 동쪽 기슭에 있는 적을 견제하면서 주력 부대가 초지를 지나 간쑤 남부로 진격해야 한다는 것이다. 마오쩌둥은 우선 샤 강夏河 하하과 타오 강洮河 조하 일대를 목표로 싸워서 새로운 길을 열어야 한다고 했다.

저우언라이는 몸을 일으켜 지도를 한참 들여다보고 나서 말했다.

"좋습니다. 하지만 가장 어려운 일은 초지를 지나는 거겠지요."

저우언라이는 초지를 지나는 일은 예사롭게 보아서는 안 될 일이라고 강조했다. 말이 초지이지 실은 사람이나 말이 모두 빠져 들어가는 늪이었다. 게다가 날씨도 변덕스러워서 개었다가도 금방 거센 바람이 불며 추워지기 일쑤라 솜옷 없이는 지나기 어려웠다.

마오쩌둥도 이런 형편을 잘 알고 있었다. 주민들을 찾아다니며 얘기를 들었던 것이다. 하지만 쑹판을 칠 수 없는 이상 초지를 지나가지 않고서는 방법이 없었다. 어려운 때일수록 더 위험하고 외진 곳에서 살 길을 찾아야 했다. 마오쩌둥이 한숨을 쉬며 웃었다.

"우린 정말 팔자가 사나운 사람들입니다. 그 험하다는 설산을 겨우 넘어왔는데 이제는 초지까지 지나야 하니 말이야. 하지만 달리 방법이 없으니 하는 수 없지요."

"가장 중요한 건 추위를 막을 수 있는 옷하고 양식이에요."

장원톈이 쓴웃음을 지었다.

"내가 보기에는 그건 문제가 아니에요. 그런 건 얼마쯤 해결할 수도 있으니까. 장궈타오가 북상을 안 하려는 게 진짜 어려운 일입니다."

"물론 그렇지요."

마오쩌둥은 고개를 끄덕였다. 장원톈이 안경을 들어 올리며 말을 이었다.

"요사이 장궈타오는 또 정치국 회의를 열고 정치 문제와 조직 문제를 해결하자고 이야기하고 있어요. 장궈타오 문제를 풀지 않고서는 우리 모두 갈 수 없을 겁니다."

또다시 수십 일 내내 사람을 괴롭혀 오던 문제로 되돌아갔다. 한참 뒤 저우언라이가 침묵을 깼다.

"정치국 회의를 열어야겠어요. 하는 수 없이 양보를 좀 해야겠지. 지금 장궈타오가 이간질하고 선동해 대는 통에 두 형제 부대 사이도 좋지 않아요. 이번 회의에서 잘 풀어야 합니다."

"북상만 할 수 있다면 얼마쯤 양보하는데 동의합니다. 하지만 결정을 내린 다음 꼭 북상할 수 있도록 단단히 다짐을 받아야 할 거예요."

장원톈이 고개를 끄덕이면서 말했다.

"장궈타오는 4방면군 동지 아홉 사람을 정치국 위원으로 올려야겠답니다. 또 중앙 위원도 늘려야 한다고 했습니다."

"뭐? 정치국 위원을 아홉 명이나?"

마오쩌둥과 저우언라이가 놀라서 물었다.

"그렇습니다. 틀림없는 아홉 명이요."

마오쩌둥이 손가락을 꼽으며 말했다.

"장궈타오도 정치국 위원이니 아홉 사람을 더하면 열이 되지. 원래 정치국 위원은 다 합해야 여덟 아닙니까. 이건 정치국을 쥐고 흔들려는 게 분명해요."

"그건 안 될 일이지."

저우언라이가 코웃음을 쳤다.

"4방면군에서 두 사람쯤 더 늘리는 건 생각해 볼 수 있어요."

"그러면 비슷할 것 같군."

마오쩌둥이 고개를 끄덕였다.

의논은 이렇게 끝났다. 마오쩌둥과 장원톈은 저우언라이가 몹시 지쳐 보이자 몸을 일으켰다. 떠나면서 마오쩌둥이 상 위에 놓인 보리와 완두 싹을 가리키며 말했다.

"언라이, 밥을 좀 먹어요. 오늘 보니 몸이 전보다 많이 약해진 것 같아서 걱정이야."

"솔직히 말해 두 방면군이 합류할 때만 해도 기대가 컸는데 설마 이 지경이 될 거라고는 생각도 못 했어요. 이렇게 오랫동안 시달리기는 처음이니까."

저우언라이가 씁쓸하게 웃었다.

"누가 생각이나 했겠나."

마오쩌둥이 낮게 한숨을 쉬며 중얼거렸다.

허쯔전은 고개를 숙인 채 화덕 곁에 앉아 바삐 손을 놀렸다. 원난 변경에서 입은 부상이 이제야 조금씩 나아지고 있었다.

하지만 머리와 몸에 깊이 박힌 파편을 꺼내지 못해 아직도 가끔 통증에 시달렸다. 다들 그렇듯이 요사이 얼굴이 반쪽이 되었지만 허쯔전은 여전히 고왔다.

"쯔전, 그건 누구 옷이지?"

마오쩌둥이 숙소로 돌아와 빨간 비단으로 적삼을 만들고 있는 허쯔전을 보고 물었다.

"어쨌든 당신 옷은 아니에요."

허쯔전이 장난스레 대꾸했다.

"실은, 잉타오가 입은 옷 봤죠? 이제 초지를 지나야 할 텐데 그 옷으로는 얼어 죽을 거예요."

"잘 생각했어요. 원, 얼마나 형편없던지 저번엔 못 알아봤다니까. 사내앤 줄 알았거든."

마오쩌둥이 화덕 가에 앉으며 물었다.

"그런데 이 빨간 비단은 어디서 났어요?"

허쯔전은 총이 들어 있는 집을 툭툭 쳤다.

"잘 봐요."

그러고 보니 총을 싸 두던 비단이 사라지고 없었다.

"생각은 좋은데 그걸로는 모자랄걸."

"호위병들 천도 모두 가져왔어요. 저랑 당신 앞으로 나온 양털도 좀 덜어 냈구요. 괜찮지요?"

마오쩌둥이 웃으며 말했다.

"나는 외투가 있잖나! 잉타오한테 양털을 좀 더 넣어 줘요."

마오쩌둥은 고개를 돌리다가 상 위에 몇 근은 됨직한 고깃덩이가 있는 것을 보았다.

"저 고기는 어디서 났지?"

"류잉이 제 몫으로 준 거예요. 잘 말려 놓으래요."

"어르신들께도 나누어 드렸겠지?"

"그럼요. 하지만 우리 것보다 좀 적을 거예요."

그 말에 마오쩌둥은 얼굴을 찡그렸다.

"그래서야 되겠나."

허쯔전이 바느질하던 손을 멈추고 마오쩌둥을 바라보았다.

"벌써 다 나눴을 텐데 어떡해요?"

"이래선 안 돼요. 절대 안 돼!"

마오쩌둥은 호위병을 불러 류잉을 찾았다. 곧 류잉이 활짝 웃으며 들어섰다. 마오쩌둥이 어두운 얼굴로 앉아 있자 그는 얼른 웃음기를 거두고 물었다.

"무슨 일입니까?"

"오늘 동지가 고기를 나눠 줬습니까?"

"네."

"왜 쯔전한테 더 많이 줬지?"

"쯔전이 다쳐서……."

"동지! 지금이 어느 땝니까? 작은 일 같지만 실은 그렇지가 않아요. 어떻게 일을 이렇게 처리할 수가 있습니까?"

"……제가 생각이 짧았어요."

류잉이 얼굴을 붉혔다. 마오쩌둥은 다시 부드럽게 일렀다.

"내 몫을 갖고 가서 적게 받은 동지들한테 나눠 주세요."

류잉은 경례를 붙이고 내려갔다. 마오쩌둥이 류잉에게 정색을 하고 화를 내기는 이번이 처음이었다.

이틀 뒤 중앙 정치국 회의가 마오얼가이에서 남쪽으로 이십 리쯤 떨어진 자그마한 산골에서 열렸다. 회의는 사워沙窩 사와의 한 라마교 사원에서 8월 4일부터 6일까지 사흘 동안 계속되었다. 이곳은 푸른 소나무에 둘러싸여 조용하고 아늑했다.

사람들은 서로 예의를 갖추면서도 치열하게 논쟁했다. 마오쩌둥은 중국의 소비에트 운동이 힘이 빠지고 있다는 장궈타오의 비관적인 견해를 비판했다.

마침내 '1·4방면군이 만난 뒤 정세와 임무에 관한 결의'가 발표되었다. 이 결의에서는 북상 방침을 거듭 확인하고 쓰촨·산시·간쑤 근거지를 만드는 것은 1·4방면군이 반드시 이루어야 하는 역사적인 임무라고 밝혔다. 또 장궈타오의 도망치려는 경향에 맞서고 우경 기회주의와 싸우라고 호소했다.

조직도 개편했다. 천창하오, 저우춘찬周純全 주순전을 중앙 정치국 위원으로, 4방면군의 다른 몇 사람을 중앙 위원으로 임명했고 천창하오를 총정치부 주임으로, 저우춘찬을 부주임으로 임명했다. 그런데도 장궈타오는 여전히 불만이었다. 정치국 위원을 아홉 사람으로 늘리려고 했지만 마음대로 되지 않아서였다. 그러자 장궈타오는 중대한 문제들은 전체 고위 간부 회의를 열어 의논하자고 제안했다. 하지만 그것도 뜻을 이루지 못했다.

사워 회의가 끝나자 '샤 강—타오 강 작전'을 어떻게 펼칠지 의논했다. 이 작전의 목표는 홍군 주력 부대가 아바를 나와 북으로 샤 강

지역으로 진군하여 포위선을 뚫고 타오 강 일대에서 적 주력 부대를 무찔러 간쑤 남부에 근거지를 세우는 것이었다.

천창하오와 쉬샹첸은 홍군 주력 부대가 한 방향으로 뚫고 나가야 한다고 목소리를 높였지만, 장궈타오는 오른쪽과 왼쪽 두 갈래로 나뉘어 움직여야 한다고 주장했다.

회의에서는 장궈타오의 의견을 받아들여 홍군 총사령부가 5군단, 9군단, 31군단, 32군단, 33군단으로 좌로군을 만들어 줘커지에서 아

바, 모와墨洼묵와를 거쳐 계속 북쪽 샤 강으로 빠지기로 했다. 그리고
중앙이 4군단, 30군단, 1군단으로 우로군을 꾸려 일부 병력으로 쑹판
의 후중난 군대를 잡아 두는 동안 나머지는 마오얼가이에서 북쪽 반유
班佑 반우, 바시巴西 파서 지역으로 움직이기로 했다. 펑더화이가 3군단
전부와 4군단 일부를 이끌고 중앙 기관을 엄호하기로 했다.

　며칠 동안 모두들 얼마나 바빴는지 모른다. 어려운 문제들이 숱하
게 터져 나왔다. 사람들은 지칠 대로 지쳤다.

　회의를 마친 이튿날 마오쩌둥이 출발하기 전에 준비해야 할 것들을
챙기고 있는데 저우언라이의 호위병 싱궈가 달려 들어왔다.

　"마오 주석 동지, 저우 부주석 동지가 많이 편찮으십니다."

　"그래요? 얼마나?"

　"열이 너무 높아 의식이 없습니다."

　마오쩌둥이 깜짝 놀라 나무라듯 말했다.

　"언제부터 그랬습니까? 왜 일찍 보고하지 않았지?"

싱궈가 우물쭈물 대답했다.

"그게…… 어젯밤 회의를 하고 돌아와 우리더러 초지를 건널 준비가 다 되었느냐 묻기까지 하셨거든요. 저희들이 밥을 가져갔더니 먹고 잘 테니 동지들도 돌아가 쉬라고 하셨구요. 저희가 방을 나선 지 얼마 안 되어 불이 꺼졌습니다. 이렇게 일찍이 주무신 일이 없었지요. 그래서 저희는 그저 기뻐했는데, 그런데 한밤중에……"

"참, 이렇게 철없는 어린 동지들이니……"

마오쩌둥은 총총히 투박한 사다리를 내려왔다.

티베트 사람들 집은 가운뎃방은 화덕이 있어서 너르고 환했지만 곁에 딸린 방들은 모두 작고 어두웠다. 침대 머리에 램프가 켜져 있었다. 하지만 불빛이 몹시 어두워 곁에 선 사람들도 잘 보이지 않았다. 자세히 보니 잔뜩 여윈 덩잉차오가 침대 곁에 앉아 있었다. 류보청과 예젠잉도 곁에 서 있다가 마오쩌둥을 보고는 곁으로 비켜서며 길을 내주었다.

저우언라이는 얇은 담요를 덮고 누워 두 눈을 꼭 감고 가쁜 숨을 내쉬었다. 여윈 얼굴 위로 짙은 두 눈썹이 가끔 불안하게 움직였다. 손을 이마에 얹어 보던 마오쩌둥이 놀라서 물었다.

"열이 엄청나군. 몇 도쯤 됩니까."

"어젯밤에는 삼십구 도 반이었는데 지금은 아마 사십 도쯤 될 거예요."

"이거 안 되겠어요. 어서 전보를 쳐서 푸롄장더러 이리로 오라고 해요."

"늦었습니다. 푸롄장 동지는 벌써 총사령관을 따라 출발했습니다." 류보청이 대답했다.

"참, 이럴 때 이렇게 아프다니······."

마오쩌둥이 한숨을 쉬었다.

"그러면 다이戴대 털보를 부르세요."

"아까 사람을 보냈습니다."

침대에서 무슨 소리가 들렸다.

"내, 내 말을 좀 들어 봐요. 궈타오 동지, 내 말 좀 들어 보란 말입

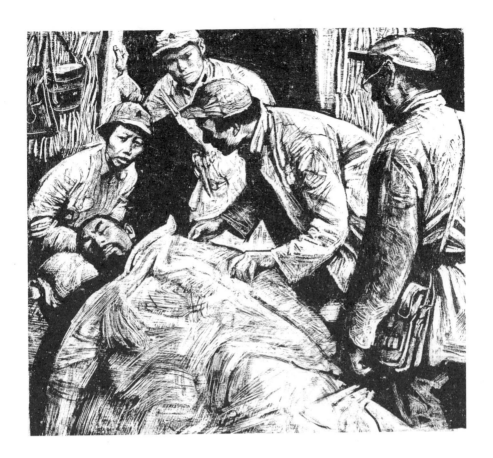

니다. 그게……."

　덩잉차오는 저우언라이가 헛소리를 하자 그의 귀에 대고 조용히 말
했다.

　"언라이, 마오 주석이 왔어요."

　하지만 저우언라이는 입술을 움씰하더니 여전히 중얼거리면서 팔을
움직였다.

　"내 말 좀 들어 보세요. 궈타오 동지, 그 의견은 정확하지 않아요."

　"이런, 꿈에서도 회의를 하는군."

마오쩌둥이 나직이 말했다.

"그냥 둬요. 너무 지쳤나 봅니다."

마오쩌둥은 방을 나와 몇 마디 더 이르고는 층집을 내려왔다. 덩잉
차오는 아래로 내려와 그를 바랬다.

"마오 주석 동지, 염려 마세요. 열만 내리면 차츰 나을 거예요."

마오쩌둥이 고개를 끄덕였다.

"동지도 몸조심해요. 폐병이 우선해진 지도 얼마 안 됐잖나."

얼마 가지 않아 뽀얀 먼지 사이로 대춧빛 말 한 필이 달려왔다. 간부 연대를 맡고 있는 천경이었다. 그는 얼굴이 벌게진 채 말에서 뛰어내려 성큼성큼 걸어오더니 경례를 했다.

"천경, 뭐가 그리 급해서 이렇게 빨리 갑니까?"

"저우 부주석 동지가 많이 아프다던데 정말입니까?"

"그래요."

마오쩌둥이 걱정스럽게 대답했다.

"지금 부주석 동지를 보러 가는 길입니다. 당장 초지를 지나야 하는

데 어쩝니까?"

"안 되면 메고라도 가야지."

마오쩌둥이 단호하게 말했다.

"무슨 일이 있어도 목적지까지 데려가야 합니다."

"마오 주석 동지, 만약 들것 대오를 만든다면 제게 맡겨 주십시오."

천경이 굳은 눈길로 마오쩌둥을 바라보았다.

"동지가 맡아만 준다면야 더할 나위 없지."

마오얼가이 강 양쪽으로는 보리가 온통 싯누렇게 여물어 있었다.
보리밭 사이로 홍군 전사들이 드문드문 보였다. 모두들 보리를 베고
보릿단을 져 나르느라 바빴다.

밭머리에는 붓으로 글을 쓴 나무패가 꽂혀 있었다. 홍군이 초지를
지날 준비를 하고 있는 것이다.

총정치부에서는 보리를 벨 때 반드시 지켜야 하는 규정을 세웠다.
우선 잘 알아본 뒤 티베트 지주의 보리를 먼저 거두고 어쩔 수 없을

때에만 티베트 인민의 보리를 벴다. 그럴 때는 꼭 보리를 벨 수밖에 없는 사정이며, 얼마나 벴는지를 나무패에 적어 꽂아 두도록 했다. 티베트 사람들이 돌아와서 나무패를 가져오면 제값을 치르기 위해서였다.

마오쩌둥이 한창 걷고 있는데 갑자기 건너편 숲 속에서 귀청을 찢는 총소리가 울렸다.

총소리는 두 번 들리고 그쳤다. 한 전사가 두 손으로 배를 움켜쥐고 밭에서 걸어 나왔다. 피가 쉴 새 없이 두 바짓가랑이로 흘러내렸다. 발자국마다 핏자국이 선명했다.

마오쩌둥은 걸음을 멈추고 보리밭을 바라보다가 건너편 산봉우리로 눈길을 옮겼다. 그리고 한 달 남짓 머물렀던 마오얼가이를 바라보며 한숨을 지었다.

"이젠 끝났어. 마침내 여기를 떠나게 되었군."

16장 신비롭고 잔혹한 땅, 쏭판 대초지

마침내 북진이 시작되었다.

사람들은 초지에 발을 들여놓기 시작했다.

초지는 신비로운 곳이었지만 죽음의 땅이기도 했다. 하루 종일 비구름이 자욱하게 뒤덮인 신비한 땅이었고, 오색찬란한 들꽃으로 가리운 무서운 함정이었다.

초지는 아름다운 모습으로 사람의 마음을 끌어당기는 요염한 여인과도 같았다.

　무릎을 스치는 풀이 끝없이 펼쳐진 쑹판 대초지에는 고운 들꽃이 흐드러졌다. 하지만 수풀 속에는 마르지 않고 고여 있는 물이 숨어 있었다. 설산에서 눈이 녹아 흘러내린 물도 있고 땅 밑에서 끊임없이 솟아오르는 물도 있었다. 이런 물들이 모여서 늪에 고였다.

　게다가 일 년 내내 춥고 축축한 날씨 때문에 풀이 제대로 썩지 않아 두껍게 쌓였다. 그 깊이가 이 미터나 된다고 했다. 그 아래 흙은 오랜 세월 고인 물에 잠긴 채 깎여 대부분 깊은 수렁이 되었다. 하지만 이

수렁들은 모두 풀과 빛깔 고운 꽃에 가려져 있었다. 그 위에 발을 딛기라도 하는 날에는 갑자기 땅이 살아난 듯 발밑이 움씰거리고 쿨렁쿨렁 오르내렸다. 몇 번 출렁이는가 싶다가 말이며 사람을 감쪽같이 집어삼켰다.

　사실 준비를 썩 잘 차리지는 못했다. 사람마다 보름치 양식을 마련하라고 했지만 그럴 형편이 아니었다. 밭에서 벤 보리를 갈무리해서 양식 주머니에 넣기는 했지만 고작 서 되가 조금 넘었다. 사람마다 짚신 두 켤레, 발싸개 하나, 양털이나 양가죽으로 만든 등거리를 준비하

라고 했지만 그것도 다 갖출 수 없었다.

양털을 두 옷 사이에 넣고 불룩하게 기운 사람도 더러 있었지만 대부분 담요나 이불을 망토처럼 몸에 걸치고 지팡이나 하나 장만한 정도였다. 홍군은 그렇게 여름이라고는 없는 초지에 들어섰다.

우로군이 반유로 가려면 반드시 쑹판 대초지를 지나야 했다. 이곳은 전형적인 구릉 고원이었다.

푸른 하늘과 푸른 들 사이에는 눈에 걸리는 것이 없었다. 사이사이 얕은 언덕이 더러 있고 구불구불 냇물이 은빛 띠처럼 드넓은 초지를

감돌아 흘렀다. 눈부신 태양 아래 푸른 들판 여기저기서 휘날리는 붉은 기가 더욱 산뜻하고 아름다웠다.

오랜만에 산골짜기를 나선 전사들은 푸른 들판을 보자 신이 났다. 여기저기서 노랫소리가 그치지 않았다. 하지만 이틀도 지나지 않아 그들은 이 신비한 땅의 쓴맛을 보았다.

비바람이 몰아치고 우박이 쏟아지는 데다가 뼈를 에이는 듯한 추위가 몰려들었다. 하지만 인적 없는 수백 리 들판에는 마땅히 쉴 만한 곳도 없었다. 마실 물도 없었다. 초지에 고인 물은 대부분 녹이 슨 것처럼 붉은 빛을 띠었는데 사람이나 말이 먹으면 어김없이 배탈이 났다. 많은 사람들이 이질에 걸렸다. 게다가 어떤 사람은 양식마저 동나

는 바람에 상황은 더욱 심각했다.

대오는 전처럼 질서 있게 움직이지 못했고 대오에서 떨어지는 사람이 갈수록 늘어났다.

연대마다 모두 수용대를 늘렸다. 두톄추이와 리샤오허우도 수용대로 옮겼다. 수용대 일은 무척 힘들었다. 입이 닳도록 어서 대오를 따라가라고 다그치는 것 말고도 뒤처진 사람들의 총을 대신 메거나 짐을 들어 주면서 온갖 궂은일을 도맡아야 했다.

초지에 들어선 지 나흘째 되는 날. 아침부터 보슬비가 내렸다. 잿빛 구름이 자욱하게 초지를 뒤덮고는 내내 흩어지지 않았다. 흐린 하늘은 땅거미가 진 저녁처럼 몹시 어두웠다. 풀밭과 불그레하게 고인 물,

그리고 가까이에 선 열 사람 남짓한 동지들밖에 보이지 않았다. 그것
말고는 모두 흐리멍덩하기만 했다.

"소대장 동지, 몇 시쯤 됐을까요?"

리샤오허우가 물었다.

"누가 알겠나."

두테추이가 말했다.

"해가 없으니 통 알 수 있어야지."

"걸어온 거리를 보면 아마 점심때가 된 것 같은데."

누군가 불쑥 끼어들었다. 갑자기 멀리서 사람 소리가 들려왔다.

"동……지, 동지……."

사람들이 귀를 기울이고 들어 보니 누군가 애타게 사람을 부르고
있었다.

"자, 얼른 가 봅시다."

두톄추이가 사람들을 데리고 소리를 따라 달려갔다. 가까이 가서
보니 마흔 살 남짓한 취사병이었다. 허벅지가 진흙탕에 빠졌는데 등
에 시커멓게 그을린 커다란 솥을 짊어지고 있었다. 그 솥 때문에 더는
빠져 들어가지 않은 것 같았다. 오랫동안 나오려고 애를 쓴 모양인지
수염이 거칠한 얼굴에 절망스러운 빛이 두터웠다.

"어이구, 이 친구 어쩌면 이렇게 깊게 빠졌나 그래."

두톄추이가 말했다.

"그래서 나오려고 발버둥치지 않았나."

사람들이 오자 취사병의 얼굴에 웃음기가 피었다.

"그런데 발버둥치면 칠수록 귀신이 잡아당기듯이 더 깊이 빠진단
말이지."

취사병이 빠진 곳 둘레는 온통 진흙탕이었다. 풀은 다 짓이겨져 벌
써 못쓰게 된 지 오래였다. 다가가서 끌어내다가는 함께 빨려 들어갈

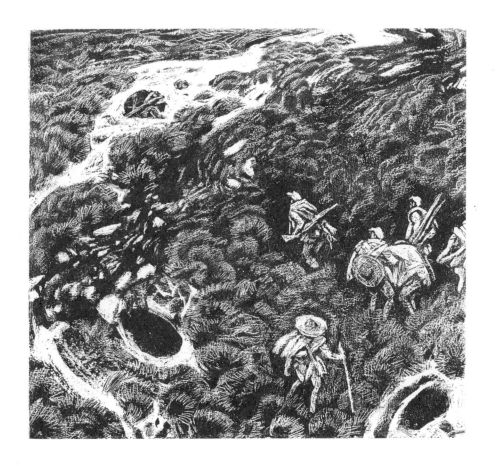

것 같았다.

"각반으로 잡아당기는 편이 좋겠습니다."

두톄추이와 리샤오허우가 각반을 풀기 시작했다. 두 사람은 각반 두 개를 이어 한쪽 끝을 취사병한테 던졌다. 그는 두 손으로 각반을 꽉 잡았다. 일여덟 사람이 이삼 미터 떨어진 곳에서 힘껏 당겼다. 그런데 너무 깊이 빠진 데다가 큰 솥이 어찌나 무거웠던지 각반이 툭 끊겼다. 취사병은 도로 나자빠지고 말았다.

"어휴, 나는 못 나갈 것 같군."

취사병이 한숨을 쉬었다.

"이봐요. 그 솥을 먼저 벗어요. 그래야 빼낼 수 있겠어요."

"안 됩니다. 이 솥은 절대 버릴 수 없어요."

취사병이 고지식하게 대꾸했다.

"말 좀 들어요. 동지를 먼저 구하고 솥을 꺼내면 되지 않겠습니까."

취사병은 그제야 지고 있던 솥에서 팔을 빼냈다. 사람들은 각반을
더 풀어서 튼튼하게 이었다. 마침내 취사병은 그 줄을 잡고 진흙 구덩
이에서 나왔다. 마치 흙으로 빚은 사람처럼 온몸이 흙 범벅이 되어 있

었다. 흙이 어찌나 끈적거리는지 풀잎으로 겨우 긁어냈다. 취사병은
그제야 사람들을 바라보며 웃었다.

"어서 대오를 따라잡아야겠네. 오늘은 지녁이 늦어질 것 같아요."

그는 급히 솥을 짊어지더니 끈으로 꽉 조이고는 달음박질하듯 걸어
갔다. 안개가 어찌나 두텁게 깔렸는지 취사병이 열 발자국쯤 앞서 가
자 터벅터벅 하는 발소리만 들릴 뿐이었다.

두톄추이네도 걸음을 옮겼다. 십 리쯤 가자 시커먼 그림자가 어럼

풋이 보였다. 유목민들이 소똥으로 지어 놓은 움막이었다. 홍군 전사 한 사람이 안에서 얇은 이불을 뒤집어쓰고 자고 있었다. 사람이 들어 가도 기척도 모른 채 쌔액쌔액 박자를 맞춰 가며 코를 골았다. 두톄추이가 다가가 살며시 흔들어 보았다. 그런데 그 전사가 벌떡 일어나더니 불퉁하게 소리쳤다.

"왜 이래요? 좀 자면 안 됩니까?"

겨우 열여덟아홉 살쯤 돼 보이는 소년이었다. 동그란 얼굴에 장난기가 서려 더 앳돼 보였다.

"이 추위에 동지가 병에라도 걸리면 어쩌나 걱정이 돼서 말이야."

"병에 걸리면 말지요. 어차피 죽을걸요."

소년 전사가 대꾸했다. 두톄추이는 소년의 낯빛이 눈에 띄게 어둡자 부드럽게 타일렀다.

"동지, 너무 나쁘게만 생각하지 말아요. 어서 초지를 나가 북쪽에 가서 일본 놈들을 몰아내야 되지 않겠나."

그 말을 듣더니 소년 전사는 목을 뻣뻣이 세우며 말했다.

"그런 얘긴 됐어요. 소용 없으니까……."

그러고는 담요를 젖히고 발을 내밀었다.

"제 발을 좀 보십시오."

발은 퉁퉁 부어 썩어 가고 있었다. 풀뿌리에 찔린 발이 벌건 물에 감염된 것이 분명했다.

"제가 여기까지 어떻게 걸어왔는지 아세요?"

그는 슬픈 눈으로 사람들을 둘러보았다.

"걸음을 뗄 때마다 살을 도려내듯이 아픕니다. 그러니 어찌 초지를

빠져나간단 말입니까?'

소년은 이불을 쓰고 드러누워서 엉엉 울었다.

"아버지가 저더러 기어코 홍군에 가라고 하더니 이렇게 고생스러울 줄은 미처 몰랐다구요. 차라리 남의 집 머슴으로 사는 게 낫지……."

"동지, 그래도 그렇게 말하면 되나. 남의 노예로 사는 머슴이 낫겠다니……."

두톄추이는 철없는 소리 같아 한 소리 하려다가 소년이 더 엇나갈까 봐 그만두었다. 하지만 소년은 눈물을 닦으며 일어나 앉았더니 눈을 치뜨고 소리쳤다.

"그런 정치 교육은 필요 없다니까요! 우리 아버지는 소비에트 주석이고 어머니는 부녀회 주석이라구요. 저도 소년단 서기였어요. 우리 형들도 모두 홍군이 됐구요. 그것도 모자라서 아버지는 저까지 홍군에 들여보냈다구요. 우리 식구는 모두 혁명……."

두톄추이는 웃으면서 좋은 말로 다독였다.

"내가 언제 동지더러 일부러 가기 싫어한다고 했나? 동지처럼 혁명가 집안에서 자란 사람이 일부러 대오에서 떨어질 리야 없지. 발이 너무 아프고 힘들었겠지. 자, 그럼 우리 좀 쉬고 나서 함께 가는 게 어떻겠나?"

그제야 소년은 말이 없었다. 두톄추이는 자기 양식 주머니를 가리키며 말했다.

"배가 고프지 않나? 여기 양식이 좀 있는데."

"저도 있어요."

소년은 아직도 화가 다 풀리지 않았는지 뻐딱하게 대답했다.

"좋아. 그럼 우리 함께 먹지. 자, 누구 물이 있으면 이 동지한테 좀 줘요."

리샤오허우가 웃으며 물통을 건넸다. 소년은 어색해하면서 물을 받아 들고 조금 마셨다.

수용대원들은 양식 주머니에서 조심스럽게 건량을 덜어 내 먹기 시작했다. 이제 반쯤 남은 건량이야말로 목숨 줄이나 다름없는 것이라 누구도 한 번에 양껏 먹으려고 들지 않았다.

"동지들, 어서 갑시다. 해가 나왔습니다."

리샤오허우가 문밖에서 기분 좋게 소리쳤다. 사람들이 밖으로 나가 보니 초지에 짙게 깔려 있던 안개가 걷히면서 눈부신 은백색 태양이 남쪽 하늘에 걸려 있었다. 모두들 햇빛을 쬐며 즐거워했다.

두톄추이가 소년 전사의 총을 메면서 말했다.

"자, 저마다 짐을 나누어 메고 번갈아 부축합시다."

사람들은 소년의 담요와 가방, 양식 주머니를 나누어 맸다. 소년 전사는 부축을 받아 지팡이를 짚고 걷기 시작했다.

해가 나자 초원은 너무나 아름다웠다. 드넓은 들판을 보니 전사들은 가슴이 탁 트였다. 하늘은 구름 한 점 없었다. 들판에는 샛노란 연꽃, 붉디붉은 동백꽃, 쪽빛 비둘기꽃, 자줏빛 개자리, 그리고 빨갛고 흰 자등 따위가 눈부시게 피어 있었다.

일행은 앞서 간 사람들 발자국을 따라 걸었다. 대군이 지나간 뒤라 군데군데 움푹하게 고랑이 팬 곳이 많았다. 비에 젖은 옷이 햇빛을 받아 마르기 시작했다. 덕분에 기분도 따뜻하고 유쾌해졌다.

"꼬마, 괜찮나?"

두톄추이가 웃으며 물었다. 소년 전사는 지팡이를 짚고 절룩거리며 그런대로 걸었다.

"누가 꼬마예요? 이만하면 이젠 어른인데요 뭐!"

소년은 퉁명스럽게 대꾸했다. 그 말에 모두들 크게 웃음을 터뜨렸다.

"소대장 동지, 동쪽에 검은 구름이 있습니다."

두톄추이가 고개를 들었다. 정말 동쪽 하늘가 지평선에 거무스름한 구름이 보였다. 하지만 너무 작아 별로 눈에 띄지 않았다.

"괜찮겠지요."

리샤오허우가 대수롭지 않게 말했다.

"아니야, 그래도 빨리 가야해."

이미 여러 번 비를 맞으며 고생을 해 본 사람들이라 걸음이 저도 모르게 빨라졌다. 소년 전사도 이를 악물고 걸음을 옮겼다. 그런데 몇 리 가지 않아서 동쪽 지평선에 있던 구름덩이가 수십 배쯤 커진 채 다가왔다. 얼마 뒤 어마어마한 몸뚱이로 동쪽 하늘을 반나마 가렸다. 곧 거센 물결처럼 대지를 덮칠 준비를 하고 있었다.

구름과 함께 한기가 슬슬 몰려왔다. 순식간에 검은 구름이 머리 위를 덮었다. 눈부시던 태양이 자취를 감추더니 주위는 금방 시커멓게 어두워졌다. 초원에 거센 바람이 일더니 후두둑 빗방울이 떨어지기 시작했다.

하지만 저 멀리 구름에 덮이지 않은 곳은 눈부시게 화창했다. 두톄추이가 고개를 쳐들고 욕을 퍼부었다.

"망할 놈의 하늘 같으니라고! 언제까지 우리랑 맞서기만 할 건데!"

말이 끝나기도 전에 굵은 빗줄기가 후두둑후두둑 쏟아졌다. 사람들은 너도나도 삿갓을 쓰고 담요와 이불로 몸을 감쌌다. 두톄추이는 다른 전사한테 총을 건네고는 우비를 꺼내 소년 전사와 함께 몸을 가렸다.

"자, 내가 부축할 테니 가지!"

빗줄기가 어찌나 굵은지 마치 폭포처럼 쏟아져서 눈을 뜰 수도 걸을 수도 없었다. 두톄추이와 소년은 넘어지고 미끄러져 온몸이 흙투성이였다.

다행히 갑자기 들이닥친 폭우는 반 시간도 되지 않아 그쳤다. 하늘은 다시 씻은 듯이 파랗고 찬란했다. 얼마쯤 가자 길가에 구불구불 멋대로 자란 붉은 버드나무가 보였다. 마치 키 작고 구부정한 늙은이처럼 서 있었다. 앞에서 걷던 리샤오허우가 갑자기 걸음을 멈추더니 고개를 돌리고 얼굴을 찡그리며 말했다.

"소대장 동지, 저기 좀 보세요."

두테추이는 소년 전사를 두고 버드나무 아래로 갔다. 홍군 전사 세 사람이 타다 꺼진 잿더미를 둘러싸고 나무 아래에 꼼짝 않고 앉아 있었다.

"동지!"

다가가 불러 보았지만 대답이 없었다. 두테추이는 속이 덜컥해서 나무에 기대 앉은 홍군을 살펴보았다. 얼굴이 몹시 여위고 꺼멓게 탄 전사가 기름때 묻은 홍군 모자를 쓰고 마치 잠을 자듯 앞가슴에 고개를 깊이 묻고 있었다. 머리를 만져 보니 얼음처럼 차가웠다. 그 옆에 앉은 민머리 전사는 두 손으로 배를 움켜쥐고 땅에 쓰러져 있었다. 얼

굴이 고통스럽게 일그러진 채 눈을 커다랗게 치뜨고 있었다. 세 번째 전사는 솜옷을 걸치고 누워 있는데 두 발이 썩어 진한 자줏빛이 돌았다. 양식 주머니는 텅 비어 있었다. 아무리 휘둘러보아도 떨어진 쌀 한 톨 보이지 않았다. 굶주림과 추위 때문에 밤을 못 넘긴 것이 분명했다. 한두 번 보는 일이 아니었지만 볼 때마다 속이 쓰렸다.

그때 뒤늦게 따라온 소년이 넋 나간 듯 서 있더니 하얗게 질린 얼굴로 지팡이를 던지며 소리쳤다.

"형!"

그는 와락 달려가 나무에 기댄 채 앉아 있는 전사를 덥석 끌어안고

통곡하기 시작했다.

"형, 형! 끝내 초지를 못 빠져나갔구나. 끝내……."

곁에 선 사람들도 돌아서서 눈물을 훔쳤다. 두톄추이가 마음을 가다듬고 사람들을 달랬다.

"울지 마세요. 사람들이 줄줄이 죽어 나가는 걸 보면서도 어쩔 수가 없지 않습니까."

"그러게요. 누가 여길 빠져나갈 수 있을지는 모를 일이지요."

"여러분, 이삼 일만 걸으면 될 겁니다. 우리는 이 초지를 빠져나갈 수 있을 거예요."

두톄추이가 소리치며 소년 전사를 부축해 일으켰다.

"어서 형 물건을 챙겨요. 서둘러 가야지."

"어디에 묻을까요?"

누군가 물었다. 두톄추이는 주위를 둘러보더니 버드나무를 가리켰다.

"여기에 묻읍시다. 나무가 표시가 될 테니까."

수용대원들은 함께 야트막한 구덩이를 파고 죽은 사람들을 버드나무 아래 초지에 묻었다. 소년은 내내 아무 말도 하지 않았다. 사람들은 번갈아 그를 붙잡고 천천히 걸어갔다. 십 리도 못 가 새빨간 석양

이 지평선에 걸렸다.

"소대장 동지, 저기 저게 뭔가요?"

리샤오허우가 새하얀 덩치를 가리키며 놀란 목소리로 물었다. 커다란 말이 진흙 구덩이에 빠진 채 뼈를 드러내고 있었다.

말은 여전히 하늘을 우러러 울부짖는 듯했고 꼬리는 부챗살처럼 펼쳐져 있었다. 몸에 살집만 없을 뿐이었다. 둘레에 발자국이 어지럽게 난 것을 보니 구하느라 애썼지만 끝내 못 구한 것이 틀림없었다. 아픈

마음을 추스르며 총으로 쏴 죽이고 떠나자 길 가던 사람들이 고기를 베어 갔나 보았다.

"누가 타던 말이지? 거 되게 아깝네."

"보나마나 어느 수장이 타던 거겠지."

"우리 따라서 여기까지 온 녀석인데 총으로 쏘아 죽이다니 너무하잖아."

"에이, 그런 말 마. 주인인들 얼마나 마음 아팠겠나?"

"그래도 나 같으면 같이 굶어 죽더라도 죽이진 않았을 거야!"

사람들은 걸음을 멈추고 수군덕거렸다. 두톄추이가 가만히 지켜보다가 웃으며 말했다.

"동지들, 어서 초지를 빠져나가고 싶지요? 우리도 양식이 거의 바닥 났습니다. 내일이면 당장 굶을 판이지요. 샤오허우, 저 뼈에 아직 고기가 좀 붙어 있지 않나? 같이 좀 긁어내지."

말 둘레는 온통 어지러운 진흙탕이었다.

"들어갈 수 있을까요?"

리샤오허우가 망설이듯 물었다.

"있을 거야. 날 따라와."

두톄추이는 조심스럽게 땅을 디디며 말이 있는 쪽으로 걸어갔다. 리샤오허우가 뒤를 따랐다. 말 뼈 곁에 이르자 두톄추이는 지팡이를 땅에 놓았다. 그러더니 다른 대원들의 지팡이도 받아서 우물 정# 자 모양으로 포개 놓고는 지팡이를 딛고 섰다.

"샤오허우, 칼을 좀 줘."

두톄추이가 리샤오허우를 불렀다. 리샤오허우는 총칼을 건넸다. 두톄추이는 말 뼈에 붙어 있는 고기 부스러기를 긁어내기 시작했다. 지나가던 홍군들이 얼마나 고기를 싹싹 긁어 갔는지 한참을 긁었는데도 겨우 한 근밖에 안 나왔다. 하지만 이만해도 대단한 성과였다.

다시 걸음을 옮길 무렵 서쪽 지평선이 붉은 노을로 물들었다. 초지는 금방 어두워졌다. 추위가 저녁 바람을 타고 사람들을 덮치기 시작했다. 멀리 북쪽 조그만 등성이에 사람들이 여기저기 불을 피워 놓았는지 밥 짓는 연기가 모락모락 피어나고 있었다. 두톄추이는 와락 마음이 놓였다.

"동지들, 힘을 냅시다. 대오를 다 따라잡았습니다."

그 들뜬 목소리에 떠밀리듯 사람들은 어둠 속에서 걸음을 재촉했다.

두톄추이네가 숙영지에 이르러 보니 사람들은 저녁을 다 먹고 나앉은 뒤였다. 전사들은 추운 밤을 지새기 위해 마른 나뭇가지를 주워서 모닥불을 지폈다. 널찍한 산비탈과 수풀 속, 그리고 좀 마른 땅이라면 어디든 여기저기에 전사들이 피워 놓은 모닥불이 그야말로 장관이었다. 얼핏 보면 불빛이 휘황한 도시 같기도 했지만 실은 인가 하나 없는 거칠고 추운 들판이었다. 전사들은 날마다 이런 곳에서 밤을 지새야 했다.

소년이 자기네 연대로 돌아가려고 하자 두톄추이가 붙잡았다. 오는 길에 말 뼈에서 긁어낸 한 근 남짓한 고기를 아직 먹지 않았기 때문이었다.

그들은 솥을 빌리고 다른 사람들이 먹다 남긴 나물도 좀 얻었다. 저마다 양식 주머니에서 보리쌀을 조금씩 덜어서 솥에 넣었다. 거기에

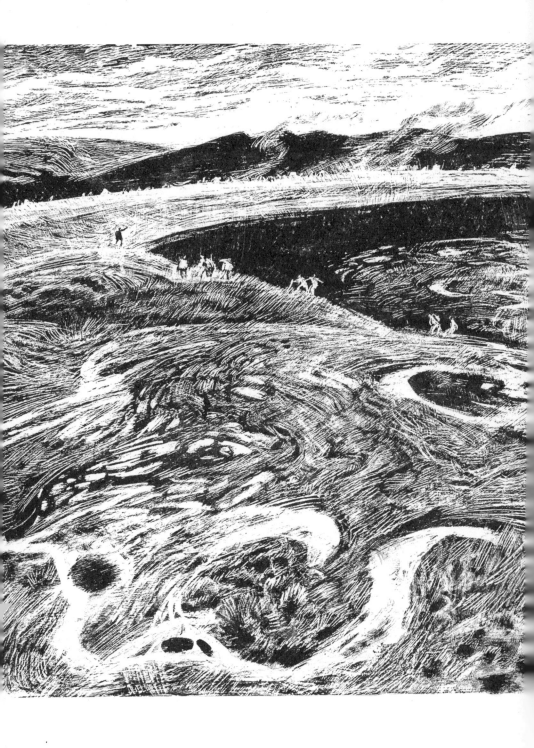

말고기를 썰어 넣고 국을 끓였다. 덕분에 한 끼 맛있게 먹을 수 있었
다.

　소년 전사는 두테추이의 손을 잡고 오랫동안 놓을 줄 몰랐다. 그는
두테추이를 한참 바라보다가 아쉬운 마음으로 떠났다.

　초지에는 마을도, 숲도 없었다. 사람들은 비옷이나 천을 자그마한
나무 위에 쳐 놓고 대충 비바람을 피했다. 여름이고 바람도 세게 불지
않는다지만 밤에는 영하 가까이로 기온이 내려가서 추위를 견디기가
힘들었다. 오로지 힘이 되는 것은 동지들끼리 서로 나눌 수 있는 체온

이었다. 주고받을 수 있는 체온이 있어서 춥고 기나긴 밤을 겨우 지샐
수 있었다.

　두톄추이네가 잠잘 곳을 찾을 무렵에는 먼저 온 전사들이 마른자리
를 다 차지해 버린 뒤였다. 할 수 없이 그들은 나뭇가지를 땅에 꽂아
거기에 우비와 천을 매 놓은 다음 삿갓 몇 개를 그 위에 걸었다. 그러
고는 서로 몸을 기대 잠을 청했다. 사람들이 막 잠이 들려는데 곁에서
어지러운 발소리가 나더니 고함 소리가 들려왔다.

　"……동지들, 어서 전투 준비를 합시다. 마을이 보입니다. 초지를 다 지나왔습니다. 어서 후중난을 치러 갑시다."

두톄추이와 리샤오허우는 영문도 모른 채 자리에서 벌떡 일어났다. 한 전사가 전투 준비를 갖추고 두 손에 총을 쥔 채 앞에서 뛰어가고 있었다. 일여덟 사람이 "그만둬요! 당장 멈춰요, 동지!" 하고 소리치면서 뒤를 쫓았다. 하지만 그 전사는 곧장 산꼭대기로 내달렸다. 몇 사람이 따라가서 총과 배낭을 뺏으려 하자 그가 또 소리를 질렀다.

"내 짐은 내가 멥니다. 난 병자가 아니라니까. 어서 후중난을 치러 갑시다. 우린 이미 초지를 빠져나왔어요. 초지를 빠져……."

두톄추이는 쫓아가는 사람을 잡고 물어보았다.

"독버섯을 먹고는 저렇게 됐어요."

그 사람이 한숨을 쉬며 대답했다. 두톄추이와 리샤오허우는 다시
이불 속으로 들어갔다. 두 사람은 서로의 발치를 보며 엇갈려 누웠다.
매일같이 단벌로 버티다 보니 너나 할 것 없이 몸에는 이가 들끓었다.
리샤오허우가 몸이 가려워 자꾸 뒤척이는 통에 두톄추이는 도무지 잠
을 잘 수가 없었다. 리샤오허우의 발이 자꾸만 두톄추이의 등에 와 닿
았다. 그가 팔꿈치로 샤오허우의 다리를 툭 치며 말했다.

"왜 이리 설치나, 응?"

"이가 가만두지 않으니 잘 수가 있어야지요."

"그럼 시원하게 긁든가. 자꾸 뒤채지 말고."

리샤오허우는 일어나 앉아서 한참 시원하게 몸을 긁더니 속옷을 벗

어 밖에 내다 걸었다.

"이들한테도 이참에 초지의 된맛을 보여 줘야지."

"이 녀석, 머리는 잘 돌아."

두퉤추이가 웃었다. 샤오허우는 다시 누워 조용히 물었다.

"소대장 동지, 우리가 초지를 빠져나갈 수 있을까요?"

"그럼."

"이제 얼마를 더 가야 할까요?"

"기껏해야 이삼 일 걸리겠지."

"돌이 보이면 다 빠져나온 셈이라고 하던데 왜 안 보이는 거죠?"

"이제 금방 보이겠지 뭐."

두퉤추이는 졸려서 더 말하고 싶지 않았다.

"소대장 동지도 집 생각이 나세요?"

잠에 취해 있던 두퉤추이는 정신이 번쩍 들었다.

"자네 집 생각이 나나?"

"아, 아니요. 새, 생각 안 나요."

리샤오허우가 더듬더듬 대답했다.

"그런데 왜 갑자기……?"

"……어젯밤 꿈에 엄마가 보여서요. 엄마 몰래 입대해서 그런지 자꾸, 자꾸 죄송한 마음이 들어요. 아버지 돌아가시고 엄마랑 같이 산골을 나왔는데 제가 떠나 버렸으니 엄마 혼자 외로우실 것 같아서……."

"그러니까 말씀을 드리고 왔어야지."

"그럼 입대를 못 했을 거예요."

두퉤추이는 부대의 윗사람이자 함께 입대한 형으로서 타일렀다.

"샤오허우, 우리는 이제 혁명을 위해 힘써야 해. 우리 같은 사람은 돌아가도 사람답게 살 길이 없지 않나."

"저도 그건 알아요."

리샤오허우는 어딘가 억울한 듯 말했다.

"저라고 왜, 돌아가서 석탄을 져 나르고 싶겠어요?"

"그럼 됐어."

두톄추이가 마음을 놓으며 말했다.

"샤오허우, 난 마음을 단단히 먹었어. 떠날 때 아내가 눈물바람을 하기에 내가 말했지. '여보, 울지 말아요. 날 기다릴 수 있으면 기다려요. 기다리지 않더라도 원망은 안 하리다. 어차피 나는 혁명이 성공해야 돌아올 사람이니까.' 그러고 왔다고."

"저도 그래요."

"우리가 폭죽을 들고 홍군을 환영하러 나갔을 때부터 나는 이 군대가 좋았거든. 입대한 뒤에도 그래. 그러니 아무리 어려워도 우리 마음을 굳게 먹자고."

"걱정 마세요, 소대장 동지. 소대장 동지가 부끄러울 일은 없도록 할게요. …… 제 발치에 이불을 좀 여며 주세요. 바람이 들어와요."

두톄추이는 리샤오허우의 발을 잘 덮어 주었다.

"그럼 어서 자도록 해. 내일 또 걸어야지."

"오늘 밤에는 비가 안 왔으면 좋겠어요."

"별이 총총한 걸 보니 비가 오지는 않겠어."

좀 지나자 고른 숨소리가 들려왔다. 두톄추이도 이내 잠이 들었다. 밤새 비는 내리지 않았다. 하지만 찬 바람이 어찌나 매서운지 서로 몸을 더 꼭 기대야 했다.

초지에서 야영하는 사람들은 대부분 일찍이 일어났다. 새벽 추위 때문에 더 잘 수가 없는 것이다. 두톄추이와 리샤오허우가 일어났을 때는 아직 날이 어둑어둑했다. 멀지 않은 곳에서 곡괭이와 삽으로 땅을 파는 소리가 들렸다. 무덤을 파는 소리였다. 밖에서 자다 보니 날마다 얼어 죽는 사람이 나왔다. 심지어 대여섯 사람, 일여덟 사람이

함께 죽는 경우도 있었다. 모닥불이 너무 일찍 꺼진 것이다. 흙을 파내는 삽질 소리는 자꾸만 두톄추이와 리샤오허우의 가슴을 후볐다.

어젯밤 두톄추이네 수용대는 너무 늦게 도착해서 둘레를 똑똑히 살펴보지 못했다. 날이 밝자 두 사람은 산비탈에 서서 서남쪽을 바라보다가 깜짝 놀랐다. 끝없이 넓은 늪에 높이가 몇 미터나 되는 물기둥이 치솟고 있었다. 몇 개인지 셀 수도 없었다. 물기둥에서는 마치 소가

울부짖듯 우우 하는 소리가 들려왔다. 리샤오허우는 이 기괴하고도
멋진 정경에 그만 어리둥절했다.

"소대장 동지, 여기가 어디에요?"

"수장이 분수령이라던데."

"무슨 분수령인데요?"

"양쯔 강하고 황허 강黃河 황하이 갈라지는 곳이지. 이쪽은 양쯔 강
유역인데 작은 산 하나만 넘어가면 황허 강 유역이라는군."

샤오허우는 그 말을 듣고 보니 너무도 신기했다. 그는 그 작은 산등
성이를 보고 또 보았다.

"그럼 우리가 곧 초지를 벗어나게 된다는 말입니까?"

"그래. 곧."

"우와! 그럼 어서 가요, 소대장 동지."

아침을 먹고 부대가 출발할 무렵 해가 떠올랐다. 사방으로 초지가 끝없이 펼쳐져 있었다.

알 수 없는 외로움이 사람들의 마음을 무겁게 짓눌렀다. 한족 말을 아는 사람이 한 사람이라도 보이는 날에는 너무 반가워 환성이라도 지를 태세였다. 하지만 두더지 몇 마리가 길가에서 두리번거릴 뿐 사람 그림자는 얼씬도 하지 않았다. 사람들은 무거운 발걸음을 옮기면서 두 눈을 크게 뜨고 뭐든 나타나기만을 바랐지만 끝내 아무것도 보이지 않았다. 걷고 걸어도 끝이 없는 초지일 뿐이었다.

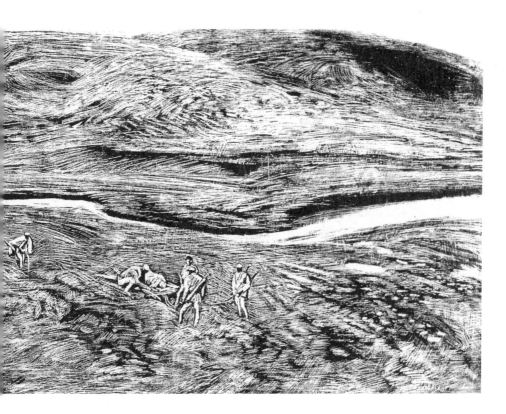

해는 금세 자취를 감추었다. 초지에는 음침하고 짙은 안개가 내려 앉았다. 금세 보슬비가 내리더니 모든 것이 흐리터분해졌다.

오늘은 초지에 들어선 지 닷새째 되는 날이었다. 대오에서 떨어지는 사람이 갈수록 많아졌다. 수용대는 뒤처진 사람들을 격려하고, 짐을 대신 져 주고, 몸이 불편한 사람을 도우면서 힘들게 걸었다.

그날 오후, 그들은 버드나무를 각반으로 동여매 만든 들것을 끌고 가는 홍군 전사 셋을 만났다. 들것 위에는 얇은 회색 담요를 덮은 환자가 정신을 잃은 채 누워 있었다. 세 사람은 무척 힘이 드는지 좀 걷다가 쉬고 좀 걷다가 쉬고 했다. 그들은 두톄추이 일행을 보자 기다렸다는 듯이 말했다.

"동지, 좀 도와주십시오. 너무 힘들어 더는 못 끌겠습니다."

두톄추이가 잰걸음으로 다가가서 물었다.

"동지들은 어디 소속입니까?"

"저희들은 군단 포병 대대 사람들입니다."

여위고 키 큰 사람이 걸음을 멈추고 대답했다.

"들것에 누운 사람은 명사수입니다. 우 강을 건널 때 강가에 있는 사격 진지 두 곳을 한 발에 하나씩 까부수지 않았습니까. 〈홍싱바오〉에도 실렸는데 바로 그 동지의……."

"그럼 이 동지가 자오장청이란 말입니까?"

"아닙니다. 자오장청 동지의 제자인데 솜씨가 자오장청 버금가지

요. 워낙 몸이 안 좋았는데 초지에 고인 물을 먹고 중독되어 이틀이나 밥을 못 먹었습니다. 수장 동지가 꼭 이 동지를 데리고 초지를 빠져나가야 한다고 당부했습니다."

"당연히 그래야지요."

두톄추이는 곧바로 세 사람을 붙여 주었다. 그는 허리를 굽혀 각반을 풀어서 나무 들것에 맸다. 셋이 더 힘을 보태니 훨씬 가벼웠다. 하지만 얼마 가지 않아 수렁이 앞을 가로막았다.

"우리 업고 갑시다."

두톄추이가 명사수가 덮고 있는 담요를 헤치다가 그만 깜짝 놀랐다. 얼굴은 꺼멓고 몹시 여윈 사람이 배는 남산만 하고 두 다리는 통

퉁 부어 있었다. 명사수가 눈을 뜨더니 조용히 둘레를 둘러보았다. 그
는 수렁을 보고는 사정을 금방 알아차렸다. 두톄추이가 그를 부축해
서 앉히려고 하자 그는 고개를 저었다.

"굳이 이럴 필요 없어요."

두톄추이는 그를 부축하면서 말했다.

"우리가 어찌 명사수를 두고 갈 수 있겠습니까?"

그는 억지로 일어나 앉으며 또 손을 저었다.

"정말입니다. 업고 갈 필요가 없어요. 초지를 빠져나간 다음 우리
집에 소식이나 전해……."

명사수는 고개를 돌린 채 말을 잇지 못했다.

"동지, 그런 말 마십시오. 초지를 빠져나가 후중난하고 싸워야지요."

두톄추이는 명사수를 등에 업었다.

수렁은 온통 진흙탕이었다. 두톄추이는 한 걸음 디딜 때마다 더부룩하게 솟은 풀 더미를 찾아야 했다. 제 한 몸 가누기도 힘든 지경이었다. 그렇다고 등에 업은 환자를 떨어뜨릴 수도 없었다. 처음 얼마 동안이야 버틸 수 있었지만 곧 땀이 철철 흘러 온몸이 흠뻑 젖었다. 리샤오허우가 얼른 명사수를 받아 업었다. 이렇게 몇 사람이 그를 번갈아 업고 천천히 걸었다.

날이 저물 무렵에야 사람들은 늪을 지나 명사수를 다시 나무 들것에 올려놓고 끌었다. 하지만 두톄추이는 이미 녹초가 되어서 발에 돌덩이를 매단 듯 걸음이 무거웠다. 두톄추이가 리샤오허우에게 당부했다.

"동지가 수용대를 거느리고 가도록 해요. 나는 뒤에서 숨을 좀 돌려야겠어. 명사수를 꼭 숙영지까지 데리고 가야 해, 알았지?"

리샤오허우가 대답을 하고는 앞서 갔다.

두톄추이는 한참 쉬다가 날이 저물어 오는 것을 보고 서둘러 걸었다. 오 리쯤 갔을까. 열네댓 살쯤 되는 소년 전사가 두 손으로 배를 끌어안고 고개를 무릎에 처박은 채 배낭을 깔고 앉아 있었다. 곁에는 표어를 쓰는 도구가 담긴 통이 아무렇게나 굴러다녔다. 가까이 가 보니 숨이 멎은 것은 아니었다. 두어 번 불렀더니 겨우 눈을 떴다가는 다시 감았다. 양식 주머니는 쌀 한 톨 없이 텅텅 비어 있었다. 물통에 물은 다행히 반쯤 남아 있었다. 그는 소년 전사의 머리를 자기 팔에 기대 놓고 물을 먹였다. 그러자 소년이 눈을 떴다.

"배가 고파 정신을 잃었나 보구나?"

두톄추이가 물었다. 소년 전사는 고개를 끄덕였다. 두톄추이는 양식 주머니를 벗어 들고 손대중해 보았다. 반 컵 정도 남아 있었다. 그는 보리쌀을 반쯤 조심스레 덜어서 소년 앞에 가져갔다. 소년은 미안한 듯 자그마한 손을 내저었다.

"저도 있어요."

"그냥 들어요."

두톄추이가 웃으면서 보리쌀 한 줌을 어린 전사의 손바닥에 쥐여 주었다. 소년은 한 입에 다 먹기 아까운지 조금씩 입에 넣고 씹었다.

보리쌀은 금세 바닥을 보였다. 소년은 잔뜩 움츠리고 있던 몸을 조금씩 폈다. 하지만 기운이 달리는지 단숨에 자리를 박차고 일어나진 못했다. 두톄추이는 보리가 조금 남아 있는 양식 주머니를 쥐고 한참 머뭇거렸다. 남은 양식을 모두 줘 버릴 수는 없었다. 하지만 그는 곧 마음을 돌려먹었다.

'그래. 사람을 구하려면 제대로 구해야지!'

그는 어린 전사의 손을 잡고 남은 보리쌀을 한 톨도 남기지 않고 모두 쏟아부었다.

"먹어요. 먹고 나면 기운이 날 거야."

소년은 얼마나 배가 고팠던지 그 자리에서 볶은 보리쌀을 모두 먹어치웠다. 두톄추이는 남은 물도 몽땅 건넸다. 소년은 기운을 차렸는지 배시시 웃었다.

"이젠 괜찮아?"

두톄추이가 물었다.

"기운이 좀 납니다."

소년이 또랑또랑하게 대답했다.

"동지는 선전대에 있지?"

"네."

"설산을 지날 때 본 것 같아서. 쾌판快板을 치면서 공연을 했지?"

"그렇습니다. 저도 아저씨를 본 적이 있어요. 쭌이에서 대회를 열었
을 때 다들 아저씨를 뭐라고 부르던데요?'

"아, 난 두 대장장이라고 해요. 별명이지."

"아저씨가 아니었다면 저는 이 초지에서 죽었을 겁니다. 고맙습니다."

두 사람은 함께 천천히 걷기 시작했다. 몇 리를 걷자 두테추이는 어린 전사를 따라갈 수가 없었다.

"나는 가면서 뒤처진 사람들을 챙겨야 하니까 먼저 가도록 해요."

소년은 고개를 끄덕이고는 총총히 길을 다그쳤다.

날이 점점 어두워졌다. 거친 들판을 혼자서 걷고 있자니 당황해서 너무 서두른 것일까. 한쪽 발이 수렁에 빠지고 말았다. 마음이 바빠

발을 빼낸다는 것이 그만 다른 발마저 빠지고 말았다. 두톄추이는 수렁에 빠진 사람들이 몸서리치던 모습이 잇달아 머리에 떠올랐다. 두 발을 빼려고 움직였더니 어느새 무릎까지 빠져 들어갔다.

'침착해야 해. 금방 누군가 지나갈 거야. 그때까진 움직이면 안 된다구!'

하지만 찢어지는 듯한 바람 소리만 들릴 뿐 둘레엔 아무도 없었다. 두톄추이는 또 발버둥치기 시작했다.

이윽고 물컹한 흙이 허벅지를 삼켰다. 이럴 땐 오히려 눕는 게 낫다

는 얘기를 들은 것도 같았지만 주위가 모두 진흙탕이라 그럴 수도 없었다. 두톄추이는 한동안 머뭇거리다가 땅에 엎드렸다.

밤은 점점 깊어 갔다. 이제 아무것도 보이지 않았다. 뒤이어 가랑비가 조금씩 흩뿌렸다.

담이 큰 두톄추이도 이번만큼은 가슴이 서늘했다. 행군하는 길이니 어딘가에 대오에서 떨어진 사람이 있을 터였다. 목이 터져라 외치다 보면 누군가 듣고 구해 주겠지 생각했다. 취사병이 외치는 소리를 듣고 구해 준 일도 생각났다. 두톄추이는 큰 소리로 외쳤다.

"동지! …… 동지!"

어디서도 답이 들려오지 않았다.

'오늘 정말 끝장인가 보군.'

두려움은 더욱 커 갔다. 몇 번 몸부림을 치자 이제는 허리까지 잠겼다. 그래도 두톄추이는 누군가 구해 줄 사람이 올 거라고 믿었다. 날이 새면 언젠가는 수용대나 뒤따르는 부대가 지나갈 터였다. 더 빠지지 않으려고 두 손으로 한사코 땅을 짚었다. 이렇게 내일까지 버티리라 마음 먹었다.

그는 눈을 크게 뜨고 내내 앞을 바라보았다. 흐리터분한 가운데 발걸음 소리가 들려왔다. 한 사람이 아니었다. 여러 사람이 저벅저벅 걸어오고 있었다.

붉은 별이 달린 홍군 모자를 쓴 대오가 보였다. 사랑하는 동지들이 걸어오고 있었다. 쭌이에서 리샤오허우와 함께 폭죽을 들고 홍군을 맞을 때처럼 기쁘고 반가웠다.

얼마나 지났을까. 두톄추이는 비가 내리는 통에 잠에서 깨어났다. 두 손은 여전히 땅을 짚고 있었다. 목이 마르고 배가 고파 왔다. 그는 물통을 꺼냈다. 안에는 물이 몇 모금밖에 없었다. 조심스럽게 두 모금 마시고 나니 후련했다. 그래도 배고픔은 가시지 않았다. 그는 풀잎을 뜯어 우걱우걱 씹었다. 하지만 너무 쓰고 떫어서 곧 뱉어 버렸다.

그런데 멀지 않은 곳에 죽은 말 뼈가 널브러져 있었다. 어제 본 말보다 덩치가 더 큰 것 같았다. 고기도 꽤 붙어 있었다. 조금만, 조금만 더 기어가면 잡을 수 있을 것 같았다.

한밤중이 되자 횃불 예닐곱 개가 들판을 가로질러 다가왔다. 사람들이 마침내 두톄추이 곁에 이르렀다. 앞장 선 사람은 리샤오허우였다.

하지만 두톄추이는 완전히 늪에 빠져 버린 뒤였다. 붉은 별이 달린 모자를 쓴 머리와 널찍한 어깨만이 진흙탕 위로 삐죽 솟아 있었다.

"소대장 동지!"

리샤오허우가 가슴이 찢어질 듯 두톄추이를 불렀다. 리샤오허우의 울음소리는 밤바람을 타고 아득하게 넓은 들판으로 멀리 퍼져 나갔다.

잠에서 깨어난 마오쩌둥은 몸과 마음이 다 가뿐했다. 어제 반유에 너무 늦게 도착하는 바람에 얼마나 피곤한지 몰랐다. 호위병이 방으로 들인 뒤 자리를 펴 주자마자 마오쩌둥은 그대로 누웠다. 그길로 몸 한 번 뒤척이지 않고 해가 중천에 떠오를 때까지 잤다.

깨어 보니 그 집은 소똥을 한 무더기 한 무더기 쌓아 벽을 올린 집이었다. 그래도 방은 꽤나 컸다. 문을 들어서면 맞은편에 신령님 모습을 그린 그림을 모셔 놓았는데, 상에는 염주가 놓여 있고 바닥에는 부들방석이 깔려 있었다. 티베트 사람들이 불경을 읽는 곳이었다. 방 한가운데는 소똥을 때는 화덕이 있고 바로 위 지붕으로 창이 나 있었다.

호위병 위와 선은 화덕 앞에 앉아 물을 끓였다. 키에 담긴 소똥을 화덕에 넣으니 불이 활활 타올랐다. 짙은 연기가 무럭무럭 피어오르는데도 코가 맵지 않았다.

두 호위병은 뭐가 그렇게 좋은지 내내 싱글벙글했다. 드디어 초지를 빠져나왔으니 그럴 만도 했다. 두 사람은 모두 초지를 지나며 수렁에 빠졌는데 다행히 그때마다 마오쩌둥이 끌어내 주었다. 마오쩌둥이

침대에서 일어나자 두 사람이 웃으며 물었다.

"편안히 주무셨습니까?"

"이렇게 잘 자 보기는 처음이에요."

마오쩌둥이 웃으면서 말했다.

"무슨 침대길래 이렇게 편안할까?"

그러자 호위병 선이 풀 깔개를 젖히며 웃었다.

"그러게요. 잘 보세요."

침대에는 마른 소똥이 잔뜩 깔려 있었다. 그는 저도 모르게 크게

웃음을 터뜨렸다.

물이 끓었다. 마오쩌둥은 물을 한 잔 따라 마시고 집을 나섰다. 이 고장은 티베트 사람들이 사는 곳이었지만 집 모양새는 헤이수이의 루화와 또 달랐다. 어디로 눈을 돌리든 소똥으로 지은 집투성이였다. 집 집마다 세워 놓은 장대에는 길고 좁다란 흰 천을 매단 깃발이 달려 있었다. 바람이 불면 티베트 문자가 적힌 흰 깃발들이 펄럭였다. 마치 바람이 경을 읽는 것만 같았다.

마오쩌둥은 발길이 닿는 대로 마을 남쪽으로 나갔다. 그곳에는 버드나무 숲이 우거져 있었다.

버드나무 가운데는 아름드리로 굵은 것도 더러 보였다. 추운 고장
이라 아주 더디게 자랐을 테니 수백 년은 족히 되었을 터였다. 숲 곁
으로는 맑은 냇물이 흘렀다. 들판에는 아침 햇살을 잔뜩 머금은 들꽃
이 가득했다.

남쪽 초지에서는 뒤처진 사람들이 아직도 힘겹게 걸어왔다. 몇 사
람은 마을 어귀에 들어서는 참이었다. 멀리 안경을 쓰고 헐렁한 두루
마기를 입은 쉬터리가 보였다.

그는 지팡이를 짚은 채 고삐를 쥐고 말을 끌고 있었다. 말 위에는 웬 소년이 앉아 있었다. 셰쮀짜이가 그 뒤를 따랐다. 그는 리잉타오의 부축을 받으며 힘겹게 걸었다. 오다가 넘어졌는지 옷에는 여기저기 흙탕이 묻어 있었다. 안경은 한쪽 다리가 끊어져 흰 실을 매달아 귀에 걸고 있었다. 수염도 더부룩했다. 마오쩌둥이 걸음을 다그쳐 다가갔다.

"쉬 선생님, 셰 어르신. 힘드시지요?"

"나는 문제없는데 셰쮀짜이가 힘들 거야."

쉬터리가 말했다.

"자네들은 날더러 왜 말을 타지 않느냐고 자꾸 타박하지만 말일세. 자, 보게. 이만하면 말을 잘 쓰고 있지 않나?"

그는 만족스러운 듯 웃었다.

"이번에도 말을 타지 않으셨군요."

마오쩌둥이 웃으면서 말을 타고 있는 소년을 보았다.

"이 아이가 아프다네. 초지에 두고 올 수야 없지 않은가!"

그런데 쉬터리의 두루마기 밑으로 붉은 바지가 삐죽이 보였다.

"아니, 선생님 바지가 왜 그 모양입니까?"

마오쩌둥이 놀라며 물었다.

"어쩔 수 있나. 바지가 너무 해져서 붉은 천을 얻어 가지고 기웠네. 보게, 새색시 바지보다 더 산뜻하지 않나."

쉬터리가 장난기 어린 얼굴로 농담을 했다. 사람들은 모처럼 고개를 젖히며 크게 웃었다. 마오쩌둥은 곧 쓰러질 듯한 셰줴짜이에게 고개를 돌렸다.

"어르신, 말은 어쩌고 이렇게 걸어오십니까?"

셰줴짜이가 입을 열기도 전에 리잉타오가 끼어들었다.

"남한테 주셨어요."

"누구한테요?"

"어느 간부한테요. 구이저우에서 이질에 걸린 사람을 만났는데 똥에 피가 섞여 나오고 몸이 퉁퉁 부어 말이 아니었어요. 한 걸음도 못 걸으니 당장 남겨 두고 가야 할 형편이라 셰 어르신께서 말을 내놓으셨어요."

"그래서요?"

"진사 강을 건널 때 그만 물에 떠내려갔지요. 그 간부는 어르신한테 와서 죄송하다며 한바탕 울었구요. 세 어르신께서는 밀려 내려갔으면 간 거지 어쩌겠느냐, 나도 걷는 훈련을 하면 되지 않으냐 그러시고는 지금까지 걸어오셨어요."

마오쩌둥은 셰줴짜이의 부은 얼굴을 바라보며 한숨을 쉬었다.

"어쩌면 이토록 쇠약해지셨습니까?"

"양식을 모두 젊은이들한테 주고 당신은 나물만 드셨거든요."

이번에도 리잉타오가 얼른 말을 받았다.

"룬즈, 처음에는 자신이 있었다네."

셰줴짜이가 부석부석한 눈까풀을 들며 말했다.

"그런데 나중에는 내가 초지를 빠져나갈 수 있을 것 같지가 않더군. 그래서 젊은이들한테 양식 보따리를 건넸지. 그 사람들이야 기운이 있으니 초지를 빠져나갈 수도 있을 테고 혁명을 위해 일할 시간도 길 테니까. 내가 초지를 빠져나올 수 있었던 건 모두 동지들 덕분이네."

말을 맺는 노 혁명가의 눈에 눈물이 맺혔다.

"네. 하루는 어르신이 기진맥진해서 흙에 꽂힌 지팡이를 빼낼 힘도 없으셨대요. 그래 하는 수 없이 등에 지고 있던 담요를 버렸는데, 둥비우 어르신이 뒤에 오다가 버려진 담요를 보고 숙영지까지 지고 오셨지요. 척 보니 셰줴짜이 어르신 것인데 그 양반 성품에 어쩔 수 없는 일이 아니라면 목숨 줄이나 다름없는 담요를 버릴 리 없다고 생각하셨대요."

리잉타오가 두 노인의 이야기를 조근조근 들려주었다.

"그날 둥비우가 아니었으면 나는 아마 이 세상 사람이 아닐 거야."

셰쮀짜이가 떨리는 목소리로 말했다.

"바로 이 담요예요."

리잉타오가 웃으면서 자기 등을 가리켰다.

"어쨌거나 이 망할 놈의 초지를 결국 빠져나왔군! 룬즈, 이렇게 어려운 일도 이겨 냈으니 이제 세상에 무서운 게 없네. 중국 혁명은 끝내 이기고 말걸세!"

셰쮀짜이가 감격에 겨워 말했다.

"맞는 말씀입니다. 우리는 꼭 승리할 겁니다."

마오쩌둥이 굳은 얼굴로 고개를 끄덕였다.

"그럼 이 마을이 반유예요?"

리잉타오가 고개를 갸웃거리며 물었다.

"그래요. 여기가 반유지."

마오쩌둥이 대답했다. 그러자 말 위에 앉아 있던 소년이 불쑥 입을 열었다.

"그러면 우리가 초지를 나왔단 말입니까?"

"물론이에요. 나온 셈이지."

　　마오쩌둥이 고개를 끄덕였다. 리잉타오는 두 눈이 조각달처럼 흰
채 환하게 웃었다.
　　어린 전사는 목소리만큼은 펄쩍펄쩍 뛰어다닐 기세였다.

17장 마침내 북쪽으로 가는 길이 열리다

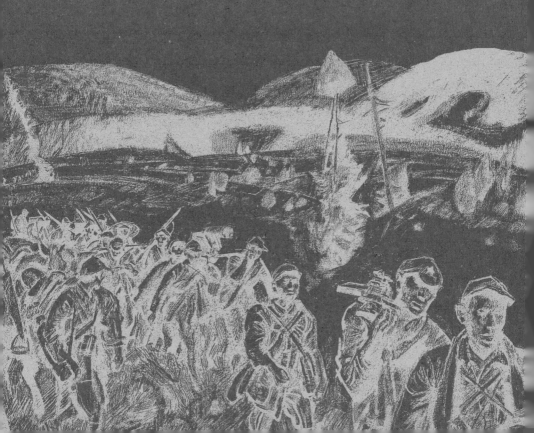

북쪽에서 말이 열 마리쯤 달려왔다. 앞장 선 사람은 등을 곧게 편
채 말고삐를 쥐고 있었고 뒤따르는 사람은 갸름한 얼굴에 여위었는데
말을 다루는 모습이 침착하고 여유로웠다. 그들은 마오쩌둥을 보더니
다급히 말에서 내려 경례를 했다. 천창하오와 쉬샹첸이었다. 마오쩌
둥도 반갑게 맞으며 악수를 했다. 마오얼가이에서 한동안 함께 지낸
터라 서로 익숙한 사이가 되었다. 젊은 나이에 뜻을 이룬 천창하오는
언제나 패기 있고 자유로웠지만 쉬샹첸은 스스로 '후배 당원'이라고
생각해서 그런지 마오쩌둥 앞에서는 늘 조심스러웠다.

"마오 주석 동지, 잘 주무셨습니까?"

천창하오가 깍듯하게 인사를 차렸다.

"아주 잘 잤어요."

마오쩌둥이 다정하게 마주 웃었다.

"소똥 위에서 아주 달게 잤지요. 동지들은 바시에 머물렀습니까?"

"그렇습니다. 지금 적정을 보고하러 왔습니다."

'적정'이라는 말에 마오쩌둥의 얼굴빛이 금세 진지해졌다.

그는 천창하오와 쉬샹첸을 데리고 방으로 갔다. 마오쩌둥은 두 사람을 침대에 앉히고는 자신은 부엌 앞에 놓인 쪽걸상에 앉았다. 호위병이 따뜻한 물을 권했다.

"적의 움직임에 변화가 있습니까?"

마오쩌둥이 물었다.

"그렇습니다."

천창하오가 대답했다.

"후중난의 한 개 사단이 이미 장라를 출발해서 바오쮜包座 포좌에 있는 적을 도우러 떠났답니다."

"어느 사단이지?"

"49사단입니다. 사단장은 우청런吳誠仁 오성인입니다."

"음, 그 사단은 장시에서 만난 적이 있어요."

마오쩌둥이 고개를 끄덕였다.

천창하오가 상 바오쮜와 하 바오쮜의 상황을 보고했다. 상 바오쮜와 하 바오쮜는 서로 수십 리 떨어진 곳인데 산이 높아 길이 험하고 나무가 빽빽했다. 상 바오쮜에는 두 개 대대가 있고 하 바오쮜에는 한

개 대대가 지키고 있는데 벌써 사격 진지를 많이 쌓아 놓고 홍군이 간 쑤 남부로 들어가는 길목을 막고 있었다.

"동지들은 어떤 대책을 세워 뒀습니까?"

천창하오는 쉬샹첸에게 고갯짓을 했다.

쉬샹첸은 말수가 적고 진중한 사람이었다. 아무리 어려울 때도 군인으로서 행동을 조심했고 가죽띠와 각반을 깔끔하게 매고 다녔다. 그는 산시山西 산서 우타이五臺 오대 사투리로 말을 꺼냈다.

"지금 1군단은 초지를 지나면서 사람이 많이 줄었고 3군단은 아직 오지 않았습니다. 제 생각에는 4방면군의 4군단과 30군단에게 임무

를 맡기는 게 좋을 것 같습니다."

마오쩌둥은 고개를 끄덕이며 천창하오에게 눈길을 돌렸다.

"미리 의논하고 왔습니다. 같은 생각이지요."

천창하오가 말했다.

"훌륭하군요."

다른 부대의 형편을 알뜰하게 살피는 마음씀이 퍽 대견했다. 그는
또 나뭇잎 담배를 꺼내 한 대통 가득 담더니 피우기 시작했다.

"그럼 어떻게 싸울 생각입니까?"

"가서 지형을 살펴봐야 합니다."

쉬샹첸이 말했다.

"지금 도우러 가는 적군은 백 리 밖에 있으니까 우리가 먼저 하 바오쭤에 있는 군대를 칠 수 있습니다. 그 다음 증원 부대를 칠 겁니다. 이 일대는 숲이 빽빽해서 숨기 좋습니다. 숨어서 공격하는 게 좋을 듯 합니다."

"좋아요. 아주 좋습니다."

마오쩌둥은 담배를 몇 모금 빨고는 잠깐 쉬었다가 천창하오를 바라 보며 말했다.

"좌로군 소식은 알고 있나?"

"새로 소식을 들었는데 아바에 머문 채 움직이지 않고 있다고 합니 다."

천창하오가 대답했다.

"좌로군한테 어서 오라고 해야 합니다."

마오쩌둥이 생각에 잠겨 말했다.

"내가 마오얼가이 회의에서 말한 적 있지요. 우리가 샤 강과 타오 강 가까이에 이른 뒤에는 반드시 동쪽으로 가야지 서쪽으로 가서는 안 된다구요."

초지에 들어서기 전, 8월 20일에 중앙 정치국은 마오얼가이에서 회 의를 열었다. 저우언라이가 몸이 좋지 않아 참석하지 못하게 되자 마 오쩌둥이 주재했다. 마오쩌둥은 샤 강과 타오 강에 이르면 동쪽과 서 쪽 두 갈래 길이 있는데 동쪽으로 가면 적을 치고 나갈 수 있지만 서 쪽으로 가면 계속 물러서야 하니 홍군 주력 부대는 반드시 동쪽으로, 산시 · 간쑤 변두리로 가야 한다고 했다. 더구나 서부 지역은 초지와 사막을 빼면 사람이 살 수 있는 땅이 몹시 좁고 인구도 적은 데다가 또 소수 민족이 사는 곳이라 홍군이 큰 어려움에 빠지게 될 거라고 강조했다.

무엇보다 지금 적들이 홍군을 서쪽으로 몰아가려고 일을 꾸미고 있으니 절대 서쪽으로 가서는 안 된다고 했다. 회의에 참석한 사람들은 모두 마오쩌둥의 의견에 고개를 끄덕였다. 결국 타오 강을 중심으로 동쪽으로 진군하기로 결정했다. 그리고 좌로군은 반드시 우로군이 있는 쪽으로 가까이 와야 한다고 했다.

"건의하고 싶은 게 또 있습니다."

쉬샹첸이 말했다.

"만약 좌로군이 초지를 지나는 게 어렵다면 한 개 연대가 말과 야크, 양식을 가지고 가서 좌로군을 맞는 게 좋겠습니다."

"그것도 좋겠군. 전보를 보내 행군을 다그치라고 하고 부대를 보내서 좌로군을 맞이합시다."

마오쩌둥이 천창하오와 쉬샹첸에게 밥을 먹고 가라고 권했지만 두 사람은 지형을 살펴보려면 서둘러야 한다면서 돌아갔다. 마오쩌둥은 문밖에 나가 그들이 말에 오르는 것을 지켜보았다. 두 사람은 곧 아득한 초원 속으로 사라졌다.

쉬샹첸은 나지막한 나무 뒤에서 망원경을 들었다. 수백 미터 떨어진 곳에 라마교 사원이 높다랗게 서 있었다. 붉은 색 담은 높고 두터웠다. 담에는 총구멍이 수두룩했다. 사원 뒤로는 산봉우리들이 길게 이어져 있고 봉우리와 봉우리 사이 움푹 꺼진 곳에 커다란 사격 진지가 있어 북쪽으로 가는 길을 막았다. 홍군이 간쑤 남부로 가려면 꼭 지나야 하는 길목이었다.

막 해가 떠올랐다. 정면에서 마주 비쳐 드는 빛 때문에 눈이 부셨다. 뒤쪽은 푸르다 못해 검은빛을 띤 드넓은 원시림이었다. 쉬샹첸과 쉬^許허 참모, 말과 마부, 호위병들이 모두 숲 속에 몸을 숨겼다.

갑자기 귀청을 찢는 듯한 총소리가 울리며 총알이 머리 위로 지나갔다. 쉬 참모는 속이 덜컹했다. 그는 몇 걸음 앞에 선 쉬샹첸을 불안한 눈빛으로 바라보았다. 이어 또 매서운 총소리가 두 발 울렸다. 탄알은 누리가 날아가듯 쉭쉭 소리를 내며 귓가를 스쳐 갔다.

"총지휘관 동지, 몸을 좀 낮추십시오."

참모가 꾹 참았던 한마디를 뱉었다. 쉬샹첸은 못 들은 듯 꼼짝하지 않았다. 쉬 참모는 속이 달았다. 적이 또 총을 쏘자 참모의 목소리도 커졌다.

"몸을 좀 낮추십시오. 총지휘관 동지."

"낮추면 보이지가 않아요."

쉬샹첸은 망원경을 들고 서서 짜증스럽게 대꾸했다. 쉬 참모는 머쓱해서 눈을 깜박거리다가 조용히 입을 다물었다. 눈앞에 선 이 지휘관의 성질이야 잘 아는 바였다. 후베이·허난·안후이에서 군단장으로 있을 때도 쉬샹첸은 언제나 최전선에 나가 싸웠다. 총탄이 빗발치

듯 해도 예사로 여겼고 포탄이 곁에 떨어져도 눈 하나 깜짝하지 않았다. 한번은 망원경을 쳐들고 지형을 살피고 있는데 갑자기 총알이 날아와 그의 옷소매를 꿰뚫고 나간 적이 있었다. 하지만 그는 옷소매를 한 번 툭툭 털더니 무심하게 다시 망원경을 들어 올렸다. 이 소문은 순식간에 홍군 전체로 쫙 퍼졌다.

또 한번은 황안 성을 포위하고 치열하게 싸울 때였다. 적의 증원 부대 수십 개 연대가 홍군이 쳐 놓은 방어선을 넘어 공격해 왔다. 그러자 성안의 적들도 목숨을 걸고 포위를 뚫으려 했다. 곧 두 부대가 합류할지도 모르는 상황이었다. 그때 4방면군 사령관 쉬샹첸은 참모장과 호위병들을 거느리고 자욱한 연기를 헤치며 총소리가 자지러지는 산꼭대기로 말을 내달렸다. 쉬샹첸이 홍군과 적 증원 부대가 싸우고 있는 산꼭대기 소나무 아래에 이르러 망원경을 들었을 때는 적이 육칠백 미터 앞에 와 있었다. 앞뒤 가릴 것 없이 박격포 포탄이 떨어졌다. 불길이 치솟고 연기가 자욱했다. 하지만 그는 꼼짝도 하지 않았다. 되레 맨 앞에서 공격 명령을 내려 적의 기세를 눌러 버렸다. 싸움이 끝난 뒤에야 사람들은 그가 오른팔을 다쳤다는 걸 알았다. 쉬샹첸은 그때까지도 소나무 아래에 우뚝 서 있었다.

쉬 참모가 생각에 잠겨 있는데 뚜르륵 하더니 또 총알이 날아왔다. 쉬샹첸 곁에 있는 나무에 맞았는지 나뭇잎이 우수수 떨어졌다. 쉬 참모는 말없이 쌩 달려가서 쉬샹첸을 끌어당겼다.

"총지휘관 동지, 다른 곳으로 가시죠. 제가 더 좋은 곳을 찾아 드리겠습니다."

그들이 자리를 옮기자마자 박격포 포탄 하나가 바로 그 자리에 떨어지면서 쾅 하고 푸른 연기가 치솟았다. 쉬 참모는 수장을 바라보면서 '거 보십시오.' 하고 나무라는 듯한 표정을 지었다. 하지만 쉬샹첸은 아랑곳하지 않고 서서 적정을 살폈다.

그는 한참 뒤에야 망원경을 거두고 태연하게 숲 속을 걸어 나왔다. 말이 숲 언저리에서 기다리고 있었다. 쉬샹첸의 말은 늘 한 발을 살짝 쳐든 채 세 발로만 땅을 버텼다. 생김새야 썩 돋보이는 말은 아니었지만 누구보다 빨리 달려야 직성이 풀리는 녀석이었다. 주인이 보이자 말은 고개를 쳐들고 한 번 울부짖었다. 쉬샹첸도 빙그레 웃으면서 말을 툭툭 치고는 올라탔다. 다른 지휘관들도 차례로 말에 올라 바오쥐 강包座河 포좌하을 따라 남쪽으로 달려갔다.

바오쥐 강은 너비 이삼 미터 남짓한 자그마한 강이지만 꽤 깊었다. 강을 따라 남쪽으로 가면 쑹판이었다. 일행은 말을 타고 한참 가다가는 내려서 걸으며 여기저기 살폈다. 이 산골짜기는 어디 가나 원시림이라 매복 공격을 하기에 좋은 천연 진지가 많았다. 쉬샹첸은 볼수록 이곳 지형이 마음에 들었다. 그는 작은 산비탈에 앉아 손수 만든 대나무 담뱃대를 꺼내 흐뭇하게 담배를 피워 물었다. 머릿속에는 벌써 작전이 그려졌다.

전투는 8월 29일에 시작되었다. 저녁 무렵 홍군 30군단 264연대가 바오쥐 남쪽에 자리 잡은 다제사大戒寺 대계사를 공격하고 4군단의 일부는 바오쥐 북쪽에 있는 추지사求吉寺 구길사를 공격했다. 하룻밤 동안 다제사에서 적군 두 개 중대를 무찔렀다. 남은 한 개 중대는 다제사 뒷산에 있는 사격 진지로 달아났다. 추지사에 있는 적을 한 개 대대 가까이 무찔렀지만 나머지 한 개 대대는 험한 지세를 믿고서 버티고

있었다. 30일 밤, 적의 증원 부대 49사단이 다제사 남쪽에 이르렀다.
264연대는 조금 맞서 싸우다가 명령에 따라 다제사 동북쪽으로 물러
났다.

31일은 두 군대가 승부를 결정짓는 날이었다. 쉬샹첸은 전선과 멀
지 않은 모바 산末巴山 말파산 위에 지휘소를 마련했다. 다제사에서 추
지사로 이어진 싸움터를 모두 볼 수 있는 곳이었다.

아침에 보니 우청런의 49사단이 북으로 움직이고 있었다. 하지만
부대는 오랫동안 다제사 남북을 오가면서 우물쭈물 느리게 움직였다.
지휘소에 있는 사람들은 이따금 들려오는 총소리에 속이 탔다.

점심때쯤 되자 30군단 군단장 청스차이^{程世才} 정세재 가 쉬샹첸에게
전화를 걸어왔다.

"총지휘관 동지, 적들이 거북이보다 더 느리군요."

"그래요. 나도 봤습니다. 장시에서 우리 홍군한테 얼이 빠진 적이
있어 그런가 보지."

"총지휘관 동지, 우청런이 너무 조심스럽습니다. 수색대가 앞길을
샅샅이 수색한 다음, 유리한 지형을 차지하고 나서야 주력 부대가 천
천히 움직입니다. 언제쯤이면 싸울 수 있을까요?"

"동지가 놈들이 못 움직이게 하고 있잖습니까."

"제가요?"

"그렇게 사납게 막고 있으니 적들이 어찌 전진할 수 있겠습니까."

쉬샹첸이 되물었다.

"앞에 있는 그 작은 산들을 내주고 우리 작전 지역 안으로 적을 끌어들이세요. 리셴녠 동지하고 잘 의논해 보고."

"알겠습니다."

청스차이가 전화를 끊었다.

아나나 다를까 점심때쯤 되자 우청런의 49사단 전체가 홍군이 쳐

놓은 그물 안으로 들어왔다. 쉬샹첸은 적이 빠져나갈 수 없게 뒷길을 단단히 막으라고 명령했다.

오후 세 시, 쉬샹첸이 총공격 명령을 내렸다. 숲 속에 숨어 있던 88사단과 89사단 전사들이 호랑이 같은 기세로 맹공격해 내려갔다. 골짜기는 대번에 총소리, 함성 소리로 가득 찼다. 이어 연기가 치솟고 먼지가 날렸다. 숲 전체가 연기에 휩싸였다.

쉬샹첸은 주머니에서 자그마한 대통을 꺼내 들고는 눈을 지그시 감고 담배를 피웠다.

"쉬 참모, 빌려간 《수호지水滸傳》는 다 읽었습니까?"

"아직 다 못 봤습니다."

"아직도 다 못 보다니 말이 됩니까. 나는 몇 번이나 봤는데."

"무슨 재미로 본 걸 자꾸 봅니까."

"그렇게 말하면 안 되지."

쉬샹첸이 웃으며 말했다.

"한번 시험을 해 보지. 송나라 군대가 팔십만이었는데 대부분 카이평開封 개봉 부근에 주둔했어요. 군사들이 먹는 양식을 어디서 댔겠나?"

쉬 참모는 멍해서 눈만 슴뻑였다.

"어때요, 모르겠지?"

쉬샹첸이 담배를 빨면서 웃었다.

"내가 《수호지》를 자꾸만 들춰 보는 까닭이 다 있다니까."

이때 리셴녠이 전화를 걸어왔다. 부대가 이미 적의 허리를 잘라 바오줘 강 양쪽에다 세 토막으로 갈라놓았다면서 이제 사단의 모든 예비 부대와 군단의 통신 중대, 호위 중대, 보위 소대까지 몽땅 내보내고 기관 간부들까지 공격에 나서 곧 적을 무찌를 것이라고 보고했다.

총소리와 대포 소리는 잦아들었다가 다시 울리고, 높아졌다가도 낮아지면서 골짜기에 메아리쳤다. 붉은 해가 서산에 떨어질 무렵 총소리는 뜸해지더니 북쪽으로 옮겨 갔다.

"우리도 자리를 옮겨야겠군."

쉬샹첸이 참모에게 말했다.

지휘소에 있던 사람들은 곧바로 산을 내려갔다. 쉬샹첸은 말을 타

고 앞에서 천천히 걸었다.

전투가 생각보다 순조로운 덕분에 마음도 개운했다. 쉬상첸은 산시 사람이지만 경극을 좋아해서, 《삼국지三國志》에서 유비가 오나라 손권 孫權의 딸을 부인으로 맞는 이야기 '감로사甘露寺'를 즐겨 읊었다. 마음이 경쾌할 때면 언제나 몇 구절 부르곤 했다.

페하, 죽이라는 말은 마세요. 勸千歲殺字休出口

이 늙은 신하가 차근차근 말씀드리지요. 待老臣與你說從頭

유비는 워낙⋯⋯ 劉備本是⋯⋯

쉬샹첸이 제법 흥이 올라 재미나게 흥얼거리자 쉬 참모와 호위병들
이 서로 마주 보며 웃었다.

바오쥐 강이 굽이져서 흐르는 곳에 이르자 저 앞에 사람들이 모여
서서 뭔가를 구경하고 있었다. 쉬샹첸도 말에서 내려 가까이 가 보았
다. 리셴녠과 청스차이가 총지휘관을 보고 경례를 했다.

"뭘 보고 있습니까?"

쉬샹첸이 물었다.

"사로잡으려고 했는데 죽고 말았습니다."

청스차이가 아쉬운듯 말했다.

"우청런이 부상을 입어서 쉽게 잡을 수 있었는데, 우리가 너무 급하게 뒤쫓는 바람에 강에 뛰어들고 말았습니다. 금방 건져 냈습니다."

리셴녠이 강가를 가리켰다. 과연 국민당군 소장 견장을 달고 있는 사람이 물에 흠뻑 젖은 채 너부러져 있었다. 그때 추지사에서 총소리가 자지러지게 들려왔다. 쉬샹첸은 몸에 먼지를 가득 뒤집어쓰고 있는 리셴녠과 청스차이를 보며 말했다.

"가서 쉬도록 하지. 난 저기 좀 가 봐야겠습니다."

그러고는 추지사 쪽으로 성큼성큼 걸어갔다.

쉬샹첸은 추지사 최전방 진지가 있는 암벽 아래에 이르렀다. 추지사 뒷산 높은 곳에 자리 잡고 있는 큰 사격 진지가 보였다. 공격을 맡고 있는 호랑이 연대 연대장 펑밍이 달려와 경례를 했다. 펑밍은 온몸에 흙을 뒤집어쓴 채 입술을 실룩거리며 울먹였다. 가까이에는 손에 번쩍이는 큰 칼을 든 돌격대원 수십 명이 몸에 수류탄을 주렁주렁 달고 결연하게 서 있었다.

"동지, 무슨 일이지? 왜들 이럽니까?"

"우리 사단장이 희생되었습니다."

"뭐라고? 왕다산이 죽었단 말입니까?"

쉬샹첸은 너무 놀라 귀를 의심했다.

"네. 여러 번 공격해도 안 되니까 사단장이 직접 나섰습니다. '동지들, 내가 엄호하겠습니다. 돌격!' 하면서 기관총을 잡고 산 위에 있는 적들한테 내갈기다가 결국 눈먼 총알에 맞아 쓰러졌지요. 조금 전에

시신을 아래로 내려보냈습니다."

왕다산이라면 4방면군에서 '밤의 장군'으로 이름난 사람이었다. 적들이 홍군을 소탕하겠다며 여섯 갈래로 조여 올 때도 서른 명쯤 되는 권총 부대를 이끌고 달려 나갔다.

그는 밤을 틈타 샤오퉁 강小通江 소통강을 건넌 뒤 십 미터나 되는 벼랑을 넘어 적의 연대 지휘부를 습격했다. 그때 그는 연대장을 해치운 뒤 노획한 무기와 서류를 가지고 무사히 돌아왔다. 이제 겨우 스무 살밖에 안 된 청년 사단장이 전사했다니…… 쉬샹첸은 잠시 말을 잃었다.

"사단장의 죽음을 헛되게 할 수 없습니다. 기어코 이 원수를 갚고야
말겠습니다."

펑밍은 모제르총을 들더니 돌격대가 있는 곳으로 달려갔다. 평소에
는 수줍어 남 앞에서 제대로 고개도 못 들던 사람이 마치 성난 사자가
된 것 같았다. 쉬샹첸이 다가가서 그를 붙잡았다.

"어쩌려고 그러나?"

"돌격대를 이끌고 공격하겠습니다."

"안 됩니다!"

쉬샹첸이 단호하게 소리쳤다.

"이렇게 흥분해서는 이길 수 없어요."

쉬샹첸은 즉시 공격을 멈추라고 명령했다. 그는 먼저 산 위에 있는 패잔병들을 포위한 뒤 병력을 끌어모아 추지사의 적을 무찌르기로 결정했다.

쉬샹첸이 산 위의 사격 진지를 가리키며 말했다.

"서두를 것 없어요. 놈들은 도망칠 데가 없잖나."

병력과 무기를 재배치하고 새로 준비를 갖추자 높은 담 안에 숨은 라마교 사원을 한 번에 칠 수 있었다.

산꼭대기에 있던 적들은 희망이 사라지자 풀이 죽어 백기를 들고 산을 내려왔다.

쉬샹첸이 으리으리한 사원에 들어서 보니 적들이 곳간에 불을 지르고 달아나 버려서 전사들은 불을 끄느라 바빴다. 어떤 사람은 불을 끄면서도 생쌀을 허겁지겁 씹었다. 그동안 주린 배를 안고 싸운 것이다.

쉬샹첸은 산 어귀를 보면서 나지막하게 중얼거렸다.

"마침내 북진할 수 있는 길이 열렸군!"

하지만 부대는 앞으로 나가지 못했다. 앞장선 1군단만 어제 俄界 아계
로 진군하고 다른 부대는 내부 문제 때문에 여전히 발이 묶였다. 홍군
은 또다시 아래위 할 것 없이 불안하고 초조해졌다. 펑더화이도 마찬
가지였다. 이른 아침부터 그는 얼굴이 잔뜩 굳었다.

3군단 지휘부는 바시라는 마을에 들어 있었다. 마을은 온통 흰 경번이 나부끼는 소똥으로 지은 집들로 빼곡했다. 펑더화이는 널찍한 뜰을 서성거렸다. 호위병은 펑더화이의 눈치를 살피며 멀찍이 서 있었다.

이곳에 온 지도 벌써 열흘이 훨씬 지났다. 펑더화이는 날마다 좌로군에서 소식이 오기를 기다렸다.

마오쩌둥은 천창하오, 쉬상첸과 함께 끊임없이 전보를 보내 다그쳤지만 아무 소식이 없었다. 9월 3일이 되어서야 그들은 장궈타오가 보낸 전보를 받았다. 거취 강葛曲河 갈곡하의 물이 불어나는 바람에 더는 나아갈 수 없다고 했다.

거취 강 상류로 칠십 리까지 올라가서 살펴보았지만 건널 만한 곳이나 다리 놓을 만한 곳이 없다. 부대마다 양식이 사흘 치밖에 없고 25사단은 이틀 치밖에 남지 않았으며 전신국은 이미 양식이 바닥났다. 드넓은 초지를 지나갈 형편도 아니고 이대로 앉아서 죽기를 기다릴 수도 없다. 결국 내일 아침 세 갈래로 나누어 전부 아바로 돌아가기로 결정했다.

지금 형편은 지난번 마오얼가이에서 양식이 바닥나 부대가 큰 손실을 입을 때와 마찬가지다. 이번에도 억지로 반유로 진군한다면 결과는 뻔하다. 북진은 이미 때를 놓쳤다. 여러 가지 어려움이 많을 것이다.

전보를 받아 본 펑더화이는 깜짝 놀랐다. 초원의 이름 없는 작은 강이 어떻게 대부대의 전진을 가로막을 수 있단 말인가? 이것은 분명 펑계였다. 4방면군 동지들 말로는 4방면군에는 조선 부대가 있어서 얼마든지 그곳에서 재료를 얻어 강을 건널 때 필요한 것들을 손쉽게 만들 수 있었다. 그리고 초원은 물이 쩼다가도 순식간에 지는 곳인데 어찌 대군의 움직임을 막을 수 있단 말인가? 양식이 모자란다는 것도 거짓말이었다. 지난번 전보를 보내며 장궈타오는 아바 지역은 마오얼가이보다 양식이 훨씬 많다고 썼다.

두 방면군이 합류하고 나서 장궈타오가 펑더화이와 녜룽전을 불러 함께 밥을 먹은 적이 있었다. 그때 그가 얼마나 친절했던가. 생각해 보면 자기편으로 끌어들이기 위한 수작이 뻔했다. 은전 수백 닢과 소고기 몇 근을 들고 왔던 황차오도 그랬다.

그는 "지금 중앙을 좌지우지하고 있는 사람은 장원톈이 아니라 마

오쩌둥입니다."라는 얘기를 거침없이 했다. 풋내기가 어찌 이처럼 당
돌할 수 있단 말인가. 장궈타오가 하는 모양을 보면 펑더화이가 옛 군
대에서 겪은 일들과 크게 다르지 않았다.

　장궈타오는 자신이 손을 들어 동의한 북진 방침을 내놓고 거부하고
있었다. 그렇다면 이 문제가 어디까지 갈 것인가? 어떤 돌발 사태라도
일어나지 않을까? 펑더화이는 알 수 없는 힘에 이끌린 듯 걸음을 뚝
멈췄다. 세찬 바람에 경번이 찢어질 듯 펄럭였지만 펑더화이는 꼼짝

하지 않았다.

'중앙에서는 지금 상황이며 앞으로 일어날 수 있는 일들을 짐작이나 하고 있을까?'

펑더화이는 걸음을 옮기면서 생각에 잠겼다.

'공부만 하던 사람들이라 책이야 많이 봤겠지만 군대에서 일어나는 일은 잘 모를 텐데. 누구 하나 눈치 챈 것 같지도 않고.'

요 며칠 마오쩌둥도 초조하게 이런저런 생각에 깊이 빠져 있는 것 같았지만 크게 걱정하는 눈치는 아니었다.

'이런 형편에 무슨 일이라도 생기면 몹시 위험한데.'

펑더화이는 더욱 불안해졌다.

"군단장 동지, 겉옷을 걸치십시오. 바람이 찹니다."

호위병이 외투를 가져와서 건넸다.

'이건 너무 엄청난 일이라 다른 사람하고 쉽게 나눌 이야기도 아닌데 말이야. 때가 될 때까진 혼자서 알고 있는 수밖에 없는 건가?'

그는 이미 결론을 내린 듯싶었다. 하지만 몇 걸음 가지 않고 뚝 걸음을 멈췄다.

'아니지. 뭐든 대비를 해야 해. 당원으로서 당에 해를 끼칠 수 있는 일을 알아채고도 말하지 않았다가 큰 화를 부르게 되면 후회해도 늦지.'

그는 고개를 푹 숙인 채 빠른 걸음으로 한참 걷다가 갑자기 멈춰섰다.

'우선 1군단하고 연락을 해야겠군.'

장궈타오는 총정치위원이 되고 나더니 군단들끼리 서로 정황을 알

릴 때 쓰던 암호 책을 모두 거두어 갔다. 1·3군단에서는 군사 위원회와 마오쩌둥에게 연락할 때 쓰던 암호 책마저 가져갔다. 그때부터 각 군단에서는 전선 총지휘부하고만 연락이 닿았다. 3군단과 1군단 사이도 연락이 끊겼다. 만약 생각지 못한 일이 터져도 어쩔 도리가 없었다.

"호위병!"

펑더화이의 목소리가 마당을 울렸다. 호위병이 얼른 달려왔다.

"우武 무 참모가 안에 있나?"

"네."

"어서 좀 불러오지."

곧 키가 크고 네모난 얼굴에 눈썹이 아주 짙은 군인이 펑더화이 앞
에 나타났다. 3군단의 유능한 참모 우팅武廷 무정이었다. 그는 바오딩
군관 학교를 나온 조선 사람으로 성격이 굳세고 믿음직했다.

"비밀리에 움직여야 할 중요한 일이 있는데 동지한테 맡겨도 되겠
습니까?"

펑더화이가 엄숙한 얼굴로 우팅을 바라보았다.

"수장 동지, 말씀만 하십시오."

"1군단이 어제로 갔는데 연락해야 할 일이 있어요. 1군단에 빨리 암호 책을 갖다 줬으면 해서."

"알겠습니다."

우팅은 자신만만하게 말했다.

"길이 험할 겁니다. 아득한 초원에 길잡이도 없을 텐데……."

"괜찮습니다."

우팅이 웃으며 대답했다.

"저한테 지도도 있고 나침판도 있습니다."

"좋습니다. 그럼 몇 사람을 데리고 어서 출발하세요. 어제에 이르면 린뱌오와 녜룽전더러 곧장 나한테 연락하라고 하세요."

우팅이 떠났다.

'이래도 부족해. 하지만 먼 데 있는 물로 당장 마른 목을 축일 수는 없는 노릇이지.'

펑더화이는 고개를 숙인 채 한 시간쯤 걷고 나더니 모아 쥔 오른손으로 왼 손바닥을 내리쳤다. 큰 결심을 했을 때 버릇처럼 하는 행동이었다. 그러고는 방에 들어가 전화로 쉐펑을 군단 지휘부로 불렀다.

한 시간 뒤 쉐펑이 말을 타고 달려왔다. 쉐펑은 본부에서 작전국장을 하다가 지금은 연대장을 맡고 있었다. 그는 한 손으로 끊임없이 땀을 훔치면서 방으로 들어섰다. 펑더화이는 쉐펑이 자리에 앉기를 기다려 물었다.

"요즘 뭘 하고 지냅니까?"

"총지휘부에서 또 일주일을 더 기다리라고 하지 않았습니까?"

쉐펑의 말투에서 불만이 묻어났다.

"북쪽으로 갈 수 있는 길이 열렸는데 여기서 부대나 추스르고 훈련을 하다니요!"

쉐펑은 상부의 뜻이 무엇인지 알 수 있을까 하고 펑더화이를 힐끔거렸다. 하지만 펑더화이는 말이 없었다. 그는 머리를 긁으며 한참 망설이다가 말머리를 돌렸다.

"동지, 주둔지를 좀 옮겨야겠어요."

"어디로요?"

펑더화이는 일어서서 지도를 가리켰다. 중앙의 주둔지와 가까운 아시阿西 어서였다.

"바로 여기요."

펑더화이는 엄숙했다.

"동지들은 당 중앙을 안전하게 지켜야 합니다."

"무슨 일이 있습니까?"

쉐펑이 놀란 얼굴로 눈을 반짝였다. 펑더화이는 뭔가 말을 하려다 말고 고개를 저었다.

"아니……. 어느 때든 우리는 당 중앙의 안전을 위해 힘을 써야 하지 않겠습니까."

쉐펑의 총명한 두 눈이 다시 깜빡 빛났지만 더 물어볼 수도 없었다.

"당장 출발할까요?"

"그래요. 저녁을 먹고 곧 출발하세요."

"또 다른 일은 없습니까?"

"없습니다."

펑더화이는 연대장을 대문 밖까지 바랬다.

"쉐펑, 이 며칠 당신이 바쁘게 움직여 줘야겠어요. 만약 일이 생기면 동지한테 책임을 물을 겁니다."

"알겠습니다."

쉐펑이 말 위에 앉아 정중하게 대답했다. 펑더화이는 쉐펑을 바래고도 그 자리에 한참 우두커니 서 있었다.

총지휘부와 중앙 기관은 모두 판저우에 들어 있었다. 판저우는 바오쳐 가까운 곳인데, 바시에서 동북쪽으로 이십 리쯤 떨어져 있었다.

소나무로 뒤덮인 골짜기에 수백 가구가 살았다. 산비탈에도 드문드문 몇 집이 있었다. 집집마다 지붕에서 흰 경번이 펄럭였고 마을에는 라마교 사원보다 좀 작은 경당이 있었다. 총지휘관 쉬샹첸과 정치위원 천창하오는 그 경당에 머물렀다. 마을 북쪽으로 조금 떨어진 산비탈에 티베트식으로 지은 작은 층집이 있었는데 마오쩌둥, 장원톈, 보구가 그곳에 묵었다. 펑더화이는 매일같이 판저우에 다녀오곤 했다. 말로는 총지휘부로 간다지만 마오쩌둥과 중앙 지도자들한테 무슨 일이 없나 살피러 가는 것이었다.

9월 9일, 점심때가 지나 펑더화이는 총지휘부가 들어 있는 경당을

나왔다. 얼굴빛이 몹시 창백하고 불안해 보였다.

'일이 이 지경이 되었으니 이젠 말을 해야겠군.'

그는 북쪽으로 걸어 높다란 산비탈에 있는 집으로 들어섰다.

마오쩌둥은 화덕 옆에 있는 쪽걸상에 앉아 이마를 찌푸리며 전보를 보고 있었다. 화덕의 불은 벌써 꺼져 방 안은 썰렁했다. 펑더화이는 방에 들어서자마자 마오쩌둥의 맞은편에 있는 쪽걸상에 앉으며 말했다.

"지금 상황이 좋지 않아요."

마오쩌둥은 전보문에서 눈을 떼고 고개를 들었다.

"무슨 말이라도 들었습니까?"

"오전에 총지휘부에 들렀는데 북진에 대해 논의하고 있더군. 그런데 오후에 다시 갔더니 천창하오가 완전히 맛이 가 버렸어요."

"아니, 왜요?"

"남하하는 게 좋다고 하지 않겠습니까."

펑더화이가 화를 내며 말했다.

"아바가 퉁장通江 통강 · 난장南江 남강 · 바중巴中 파중 보다 좋다고 떠들어 대더군. 개소리지! 북상해서 항일하자는 얘기는 한마디도 하지 않았어요!"

마오쩌둥은 그저 "음." 하더니 말이 없었다. 펑더화이가 말을 이었다.

"나는 말없이 나와 버렸어요. 그 사람들 곧 행동 방향을 바꿀 겁니다.”

마오쩌둥은 무거운 얼굴로 이슥히 침묵하고 나서야 입을 열었다.

“어젯밤 원톈, 언라이, 보구, 자샹, 그리고 샹하오, 샹첸까지 일곱 사람이 회의를 열고 우리 이름으로 장궈타오한테 전보를 보냈어요. 남하하게 되면 불리한 조건들을 몽땅 이야기했지요.”

“회답은 받았습니까?”

“받았어요. 그래도 남하를 주장하는군.”

마오쩌둥이 길게 한숨을 쉬었다.

“전보가 모두 여기 있으니 보세요.”

펑더화이는 먼저 일곱 사람이 어젯밤 열 시에 좌로군에게 보낸 전보를 보았다.

주더, 장궈타오, 류보청 동지에게.

지금 홍군은 위험에 빠져 있다. 신중하면서도 신속하게 이 문제를 결정해야 한다.

첫째, 좌로군이 남쪽으로 움직인다면 모든 조건이 아주 불리하다.

1) 지형 자체가 적이 아군을 막을 때는 이롭고 아군이 공격할 때는 불리하다. 단바 남쪽으로 천 리, 마오궁 남쪽으로 칠백 리 남짓한 지역은 모두 설산이거나 밀림 아니면 좁고 험한 길이다. 캉딩, 루딩, 톈촨, 루산, 야안, 밍산名山 명산, 충라이, 다이에서 마오궁, 푸볜撫邊 무변 일대는 적들이 단단히 막고 있어 아군이 무찌를 가능성이 없다.

2) 경제 조건이 대군의 보급을 감당할 수 없다. 다두 강 일대 천 리

남짓한 구간, 이를테면 마오얼가이 같은 곳은 겨우 자급하는 데 지나지 않고 쑤이닝邃寧 수령, 충저우崇州 승주는 인구가 팔천 명쯤 되는데 자급률이 낮다. 심지어 마오궁, 푸벤은 양식이 이미 바닥났다.

3) 아바 남쪽에서 멘닝까지는 소수 민족이 사는 곳이라 병력을 늘릴 수 없다.

4) 북쪽은 적들이 막고 있어 후퇴할 길이 없다.

둘째, 이런 형편을 동지들이 깊이 생각해서 아바와 쉬커지에서 양식을 마련한 다음 길을 돌려 북진하기 바란다. 행군하면서 희생이 클 수도 있지만 간쑤 남부는 풍요로운 지역이라 충분히 채울 수 있다. 또 지형이나 경제 조건, 인민들의 형편, 후퇴할 수 있는 길 따위를 모두 살펴보았을 때 우리에게 훨씬 유리하다.

셋째, 지금 눈앞에 있는 후중난 부대는 함부로 움직이지 못하는 형편이고 저우훈위안과 왕자레이 부대가 오려면 시간이 걸릴 테니 북쪽은 여전히 비어 있다. 우리는 우로군에서 군대를 얼마쯤 보내 25군단, 26군단과 함께 적을 유인해서 좌로군이 간쑤에 들어와 새 힘을 얻을 수 있게 도울 생각이다.

이런 의견은 모두 홍군 전체의 앞길을 생각한 것이니 동지들이 결단을 내린다면 혁명을 이룰 수 있을 것이라 믿는다.

저우언라이, 장원톈, 쉬샹첸, 천창하오, 마오쩌둥, 왕자샹
9월 8일 22시.

펑더화이는 이마를 잔뜩 찌푸린 채 오늘 아침 장궈타오가 보낸 답전을 펼쳤다.

첫째, 지금 동지들은 적의 힘과 위치, 아군의 갑원과 탄약, 의복 따위를 잘 살펴야 하며 적을 한 번에 무찌를 수 있을지, 지구전을 해서 무찌를 수 있을지, 적들이 늘어날 가능성은 없는지 잘 살펴봐야 할 것이다.

둘째, 좌로군 25사단과 93사단은 어느 연대나 천 명이 안 되며 사단도 많아야 천오백 명쯤인데 그 가운데 발을 못쓰게 된 사람이 삼분의 이나 된다. 다시 북진하려면 스무날쯤 걸어야 하는데 그러면 반 넘게 줄 것이다.

셋째, 그때 가면 아래와 같은 일이 벌어질 가능성이 높다.
1) 동쪽으로 내몽골 서부 봉쇄선을 뚫으려면 기동전을 해야 하는데 겨울에도 계속 행군한다면 승리할 전망이 있겠는가?
2) 샤 강과 타오 강에 머무른다고 튼튼히 자리 잡을 수 있을까?
3) 만약 샤 강과 타오 강에 꼭 머물러야 한다면 다시 남쪽으로 돌아갈 기회가 없을 것이다. 황허를 등지고 있다고 적들이 공격해 오지 않을까? 이 세 가지 문제를 동지들이 깊이 생각해 보고 내일 대답해 주기 바란다.
4) 쓰촨 군대는 사격 진지를 잘 막아 내지 못하지만 우리는 산악전에 강하다. 마오궁·단바·쑤이닝 일대는 바위가 적어 퉁장·난장 바중보다 위험이 적다. 게다가 남쪽은 양식이 풍족하다. 25사단과 93사단에

있는 간부들에게 자세히 물어보니 그렇다고 했다. 아바에서 다진 강 동쪽 기슭을 따라 쑹강에 이르려면 엿새쯤 걸리는데 가는 길에 집이 이천 가구쯤 있어서 날마다 머무를 곳이 있다. 강 서쪽에는 큰 벌판이 넷이나 있고 줘무댜오에도 양식과 집이 넉넉한 편이다. 쑤이닝과 충저우에는 유천 가구가 살며 곡식이 이미 여물었다. 믿음직한 길잡이 말로는 단바·간쯔甘孜 감자·다오푸道孚 도부·톈루天盧 천로 지역이 타오 강·샤 강·충라이·다이 일대보다 훨씬 낫다고 한다. 북진하려면 아바 남쪽에 있는 아픈 병사들과 부상병들을 모두 버려야 하지만 남으로 내려가면 모두 보살필 수 있다. 적을 이길 생각은 안 하고 소수 민족 지역을 무시하고 버리려고만 한다면 얻을 것이 없다.

5) 지금 일부 병력을 동쪽으로 진군하는 것처럼 꾸며서 적을 북으로 유인하고 우리는 그 틈에 남하하는 것이 바람직하다. 이렇게 한다면 2군단과 6군단도 함께 힘을 모을 수 있을 것이다. 장제스는 쓰촨의 적들과 갈등이 많아서 남쪽을 치는 것이 진정한 공격이 될 것이다. 우리는 절대 독 안에 든 쥐가 될 리 없다.

6) 좌로군과 우로군은 절대 헤어져서는 안 된다. 우리는 당에 충성하며 혁명을 위하여 함부로 말하지 않을 것이다. 어떻게 생각하는지 지시를 기다린다.

펑더화이는 전보문을 다 읽고 나더니 한바탕 욕을 퍼부었다.

"개놈의 자식, 분명 당의 북진 방침을 깨뜨리고 있는 주제에 당에 충성한다고!"

그는 전보문을 마오쩌둥에게 건네며 물었다.

"어떻게 할 생각입니까?"

마오쩌둥은 호주머니에서 바오쭤 전투 때 노획한 메이리 표 궐련을 꺼내 한 대 천천히 피워 물고는 말이 없었다.

"만약 우리가 계속 남하하는 것에 동의하지 않는다면 뜻밖의 일이 일어나지 않겠습니까?"

펑더화이가 마오쩌둥을 주시하면서 물었다.

"장궈타오는 야심이 큰 사람입니다. 그들이 3군단을 해산한다면 어쩔 겁니까?"

마오쩌둥은 담배만 피워 댈 뿐 아무 말이 없었다. 누런 손가락에 끼인 담배에서 잿빛 연기가 곧게 위로 올라가고 있었다. 펑더화이는 곁에 아무도 없는 것을 보고는 나직한 소리로 떠보았다.

"지금은 보통 상황이 아니니 만약을 위해 인질이라도 잡아 두는 게 좋지 않을까요?"

마오쩌둥은 잠시 생각하더니 고개를 버쩍 쳐들며 단호하게 말했다.

"그건 안 됩니다."

펑더화이는 머리를 푹 숙였다.

'만약 3군단더러 남하하도록 강요한다면 1군단이 홀로 북진하지는 못할 테지. 1군단이 단독으로 북진하더라도 중앙이 함께 갈 수 없다면 아무것도 이룰 수 없을 거고. 만약 모두 함께 남하하게 된다면 장궈타오는 우세한 군사력을 이용해서 중앙을 없애 버리려고 수작을 부릴 가능성이 있어. 인질을 잡아 두자는 게 옳은 방법은 아닌 건 나도 알지

만 어쩔 수 없으니 이런 생각도 하게 되는 거지! 지금은 수렁에서 빠져나올 수 있는 방법을 찾아야 하니까.'

펑더화이는 머릿속이 복잡했다. 그사이 마오쩌둥은 담배를 또 한 대 붙여 물고 방 안을 거닐었다.

"마오 주석 계십니까?"

문밖에서 다급하게 묻는 소리가 들려왔다. 예젠잉이었다. 그는 헐레벌떡 사다리를 올라왔다.

"일이 잘못되고 있습니다."

마오쩌둥은 예젠잉을 잡아 앉히고 물었다.

"일이 잘못되다니?"

예젠잉은 호주머니에서 전보를 꺼내 마오쩌둥에게 건넸다. 장궈타오가 천창하오한테 보내는 비밀 전보문이었다. 마오쩌둥이 펼쳐 보더니 깜짝 놀라며 물었다.

"언제 받은 겁니까?"

"금방 받았습니다."

예젠잉이 말했다.

"우리가 한창 회의를 하고 있는데 기밀과장과 부과장이 이 전보를 갖고 왔더군요. 천창하오가 마침 연설을 하고 있어서 제가 내용을 보고 몰래 넣고 뒷간에 가는 척하면서 여기로 왔습니다."

마오쩌둥은 펑더화이에게 고개를 돌렸다.

"당신 짐작이 맞았어요. 장궈타오는 1·3군단을 포함해서 우로군 모두가 남하해야 한다는군. 만약 동의하지 않으면 철저하게 당내 투쟁을 하라고 지시했어요."

마오쩌둥은 펑더화이에게 전보문을 건네고는 옆방으로 가더니 장원

텐과 보구를 불러왔다. 사람들은 전보를 보고는 얼굴빛이 하얗게 질렸다.

"장궈타오 그자가 끝내 비열한 술수를 쓰려고 하는군."

안경을 위로 추켜올리는 장원톈의 코끝에 쌀알 같은 땀방울이 맺혔다.

"이 위험한 상황을 한시바삐 벗어나야 합니다."

보구가 사람들을 둘러보며 말했다.

"당신은 돌아가지 말아야겠어요".

그는 걱정스러운 얼굴로 예젠잉을 보았다.

"제가 돌아가지 않는다면 아마 여러분도 갈 수 없을 겁니다. 그리고 직속 대대에 사람들이 많이 있는데 동지들을 버릴 수는 없지요."

마오쩌둥이 단호하게 손을 저으며 말했다.

"그래요, 동지는 어서 돌아가세요."

예젠잉은 전보문을 주머니에 넣고 사람들을 바라보았다.

"될수록 빨리 여기를 떠나십시오. 3군단으로 가는 것이 좋을 것 같습니다."

마오쩌둥이 고개를 끄덕이면서 웃었다.

"이곳에 더 머물 수 없게 되었으니 가야지요. 우리는 내일 동트기 전에 떠납시다. 하지만 예 동지는 우선 돌아가서 천창하오와 쉬샹첸을 마지막으로 한 번만 더 설득해 보세요."

예젠잉이 층계를 내려가려는데 펑더화이가 뭔가 생각난 듯 따라나와 말했다.

"예 동지, 지도! 간쑤 지도를 잊지 말아요."

예젠잉은 알았다는 듯이 고개를 돌려 빙긋 웃어 보이고는 층계를 내려갔다. 사람들은 문어귀에 서서 그를 바랬다. 마오쩌둥이 당부했다.

"예 동지, 내일 일찍 와야 합니다!"

예젠잉은 층계 아래에서 웃는 얼굴로 손을 저으며 산비탈을 내려갔다. 사람들은 모두 예젠잉의 뒷모습에서 눈을 떼지 못했다.

예젠잉이 이런저런 일들을 내놓고 떠벌리는 성품이 아니라서 그런지 사람들은 그를 사상이 투철하고 일을 빈틈없이 해내는 믿음직한 참모쯤으로 여겼다. 그런데 마냥 점잖은 선비 같기만 하던 사람이 중요

한 순간에 현명하고 단호하게 결단을 내린 것이다. 하지만 그렇게 뜻밖의 일인 것만은 아니었다.

그는 일찍이 쑨원을 따라 혁명을 할 때도 천중밍陳炯明진형명이 등을 돌리자 쑨원과 함께 보벽함寶璧艦에 올라 반군과 싸웠다. 그때 그는 천중밍 아래에 있던 대대장이었는데, 자기 처지에 아랑곳 않고 쑨원과 혁명 이념을 지키려고 한 것이다.

대혁명 시기, 장제스는 예젠잉이 마음에 들어 2사단 사단장으로 임명했다. 출셋길이 열린 것이다.

하지만 그는 장제스가 노동자들을 닥치는 대로 죽이는 것을 보고 분노해 잠을 이루지 못했다. 마침내 그는 장제스를 반대한다는 성명을 낸 뒤 결연히 자리를 박차고 떠났다. 또 난창 봉기 전에는 왕징웨이汪精衛 왕정위 무리가 예팅과 허룽을 죽이려고 수를 썼는데 예젠잉이 미리 알고 두 사람 목숨을 구하기도 했다.

"예젠잉이 오늘도 큰일을 했군. 이렇게 달려와 주지 않았다면 우리는 아마 곧 죄수가 되었을 테지."

다시 화덕 곁에 앉으며 장원톈이 가슴을 쓸어내렸다. 마오쩌둥이 고개를 끄덕였다.

"그래요. 옛말에 '제갈량은 평생 신중하게 살았고 여단呂端은 큰일

에서 어리석지 않았다.'고 했는데 예젠잉이 바로 그 여단이로군."

밤이 되자 마오쩌둥은 총지휘부로 갔다. 쉬샹첸은 한창 램프를 들고 지도를 보고 있었다. 그는 마오쩌둥이 오는 것을 보고 램프를 놓고 반겨 맞았다.

"마오 주석 동지, 아직도 안 주무셨습니까?"

마오쩌둥은 고개를 끄덕이며 멈춰 서서 진지하게 그를 바라보고는 입을 열었다.

"샹첸 동지, 지금 형편을 보면 북진과 남하로 의견이 서로 엇갈리는데 동지 생각은 어떻습니까?"

그는 쉬샹첸한테서 눈길을 떼지 않았다. 쉬샹첸은 한참 망설이다가 난처한 얼굴로 더듬거렸다.

"지금 두 방면군이 어렵게 만났는데 다시 헤어지면 안 되지요. 1 · 4 방면군이 둘로 갈라지는 건 좋지 않다고 생각합니다."

마오쩌둥은 실망했는지 말이 없었다. 그는 속으로 한숨을 쉬고는 인사를 건넸다.

"그럼 일찍 쉬어요. 참, 천창하오 동지는 어디 갔지요?"

"아마 산책하러 갔을 겁니다"

마오쩌둥은 고개를 끄덕이고는 몸을 돌려 문을 나섰다.

천창하오는 소나무 몇 그루가 있는 곳을 거닐고 있었다.

"창하오 동지, 오늘 아침 궈타오 동지가 보내온 전보를 보았는데 남하하려는 생각이 굳어서 쉽게 돌아설 것 같지 않더군. 당신 생각에는 어떻게 하는 게 좋겠나?"

천창하오는 잠시 생각하더니 말했다.

"저는 북진 방침에 동의했지만 장 주석이 그렇게 말했으니 듣지 않을 수 없지요."

어제까지와는 완전히 다른 태도였다.

"내가 거듭 말했지만 남하를 하게 되면 지형이나 경제 조건, 민족 문제 같은 여러 조건이 아주 불리해요. 실패할 겁니다. 동지는 이 점을 잘 생각해 보아야 할 거예요. 그러니까……."

마오쩌둥의 말이 끝나기도 전에 천창하오가 말허리를 잘랐다.

"주석께서 하시는 말씀도 일리가 있지만 장 주석 말씀도 일리가 있

습니다. 북진이 꼭 성공할 수 있다고 말할 수 없듯이 남하도 꼭 실패한다고 할 수 없지요."

이쯤 되면 굳이 더 입씨름을 할 필요가 없을 것 같았다. 마오쩌둥은 말투를 싹 바꾸어 말했다.

"남하를 하려면 회의를 열어야 하지 않겠습니까. 지금 언라이와 자샹은 병으로 3군단에 가 있으니 내가 보구, 원톈이랑 3군단 사령부에 가서 언라이, 자샹하고 의논해 보겠습니다."

천창하오는 마오쩌둥이 순순하게 나오자 고개를 끄덕이며 웃었다.

"그러는 게 좋겠지요."

마오쩌둥은 천천히 산비탈로 올라갔다.

그가 돌아오자 장원톈과 보구가 달려와서 물었다.

"어때요. 희망이 있습니까?"

마오쩌둥이 고개를 저었다.

"여지가 없어요."

"그럼 어떻게 해야 한다지?"

장원톈이 물었다.

"어쩔 수 없이 우리가 가야지."

마오쩌둥은 길게 한숨을 쉬었다.

"어려운 일이라면 수도 없이 겪었지만 지금처럼 어렵고 곤혹스러운 일은 없었어요."

"장궈타오가 이런 놈일 줄 누가 생각이나 했겠습니까."

보구가 화가 나서 말했다.

호위병들이 서둘러 준비를 끝내자 세 사람은 문 앞에서 조용히 말에 올랐다.

마오쩌둥은 생각을 많이 한 탓에 몹시 지쳐 있었다. 그는 호위병이 부축해 주어서야 겨우 말에 올랐다.

세 사람은 호위병들과 함께 산비탈을 내려가 어두컴컴한 골짜기를 걸었다. 말을 탄 사람들은 말이 없었다. 냇물이 흐르는 소리와 터덕터덕 하는 말굽 소리만이 좁은 골짜기를 울렸다.

예젠잉이 마오쩌둥을 만나고 지휘부로 돌아왔을 때에도 사람들은 회의를 계속하고 있었다. 예젠잉은 아무 일도 없는 듯 자리에 앉아 있다가 회의가 끝나자 전보를 천창하오한테 건넸다. 그러고는 곧장 숙소로 돌아왔다. 엄청난 일을 앞두고 머릿속이 꽤 복잡했다.

혼자 위험을 벗어나는 것은 쉬웠다. 하지만 1방면군 간부들을 모두

데리고 가자면 썩 만만치가 않았다. 문득 한 가지 묘안이 떠올랐다.

'그래. 천창하오는 온통 남하하는 일에만 골몰해 있을 테니까 그걸 이용하면 되겠군.'

예젠잉은 천창하오를 찾아가서 태연하게 말했다.

"천창하오 동지. 이제 우리는 남하를 하게 되겠지요?"

"맞습니다. 동지도 잘 알고 있군요."

천창하오가 말했다.

"남하하려면 초지를 지나야 하는데 양식이 없으면 안 될 텐데요."

"나도 그 문제를 생각하고 있는 중입니다."

"제가 내일 아침 일찍 직속 대대를 데리고 양식을 구하러 나갈까 하는데 어떻겠습니까?"

그러자 천창하오가 고개를 끄덕이며 말했다.

"좋은 생각입니다. 될수록 많이 구해 오세요. 지난번에 초지를 지날 때 양식이 모자라서 큰 손해를 보지 않았습니까."

이제 허락을 받았으니 드러내 놓고 갈 수 있었다. 예젠잉은 서둘러 회의를 열었다. 린보취, 양상쿤, 리커눙李克農 이극농, 샤오샹룽蕭向榮 소향영 같은 이들이 모두 들어왔다. 예젠잉은 숨가쁜 상황을 알

렸다.

"우리는 새벽 두 시에 모여 3군단으로 갑니다. 겉으로는 양식을 마련하러 가는 걸로 보여야 합니다. 비밀은 반드시 지키세요. 알겠습니까?"

예젠잉은 모두들 늦지 않게 마을 어귀에 있는 물방앗간으로 모이라고 단단히 일렀다.

그는 회의가 끝나자 양상쿤더러 남으라고 하고는 여러 가지 세세한 부분까지 물샐틈없이 살폈다. 오랫동안 참모 일을 해 온 터라 노련하고 치밀했다.

사람들을 모두 보낸 뒤 예젠잉은 작전과를 찾아갔다. 마침 낮에 전

보문을 가져온 기밀과장 뤼지시 呂繼熙 여계희만 남아 있었다.

"뤼지시 동지, 그 전보 얘기는 아무한테도 해서는 안 됩니다."

뤼지시는 고개를 끄덕였다.

"동지한테 산시 성과 간쑤 성 지도가 있지?"

예젠잉이 물었다.

"이번 바오쥐 전투에서 십만분의 일짜리 간쑤 성 지도만 노획했지 산시 성 지도는 없습니다."

"그 간쑤 성 지도를 나한테 주세요."

뤼지시는 상자 안에서 간쑤 성 지도를 꺼내 주었다. 예젠잉은 지도를 품에 넣고 돌아와 몰래 침대 밑에 있는 작은 등나무 상자에 넣었다.

이런저런 준비가 착착 끝났다. 하지만 갑자기 3군단 선전부장 류즈젠劉志堅 유지견이 선전대를 거느리고 바오줘에 있는 30군단 주둔지로 공연을 나간 일이 떠올랐다. 예젠잉은 류즈젠에게 서둘러 돌아오라고 전보를 쳤다.

예젠잉은 천창하오, 쉬샹첸과 함께 경당에 묵었다. 천창하오와 쉬샹첸은 벌써 잠든 것 같았다. 예젠잉도 새벽에 움직이려면 조금이라도 눈을 붙여야 할 듯 했다. 하지만 도통 잠이 오지 않았다.

이제 서른을 갓 넘겼지만 그도 꽤나 풍파를 겪은 사람이었다. 꼼꼼하게 준비를 한다고 했지만 혹시 어디 빈틈이 있어서 잘못되기라도 할까 봐 조마조마했다. 광저우 봉기를 일으킬 때도 그랬다. 모든 준비를 완벽하게 마쳤다고 여겼는데 수류탄을 나르던 트럭이 들통 나는 바람에 봉기를 하루 앞당겨야 했다. 예젠잉은 또 그런 일이 생길까 봐 마음을 놓을 수 없었다. 생각하면 할수록 마음이 두근거려 잠이 오지 않았다.

그는 자꾸만 시계를 들여다보았다. 시간이 너무 느리게 가는 것 같았다. 겨우 새벽 한 시까지 기다리고는 몸을 일으켰다.

그는 외투를 걸치고 간쑤 성 지도를 꺼내 가죽 가방에 넣은 다음 조심스럽게 경당을 나섰다.

문밖에 한참 서 있다 보니 뭔가 빠진 듯한 기분이 들었다. 허리춤을 만져 보고서야 회전식 권총을 침대 머리맡에 두고 나온 것을 알아차렸다. 예젠잉은 서둘러 권총을 가지러 들어갔다. 그는 고개를 돌려 두 사람을 바라보며 한숨짓다가 속으로 되뇌었다.

'장궈타오만 아니라면 이럴 일이 있겠습니까? 다시 만날 수 있기를 바랍니다.'

예젠잉은 성큼성큼 마을 밖으로 걸어 나갔다.

얼마 가지 않아 앞에서 검은 그림자가 어른거렸다. 군사 위원회 사

무총장 샤오샹룽이었다. 예젠잉은 지도를 꺼내 그에게 넘겨주었다.

"샤오 동지, 이것은 간쑤 성 지도인데 전군에 하나밖에 없는 것입니다. 목숨처럼 귀중한 것이니 잘 보관하세요."

물방앗간 앞은 벌써 사람들로 북적였다. 양상쿤과 리커눙, 린보취…… 다들 무사히 빠져나온 듯했다. 소슬한 바람에 집집이 달린 경번이 후두둑 나부꼈다. 몸이 오싹해지면서 왠지 음산한 기분이 들었다. 누군가 나직이 속삭였다.

"우린 도망치듯 빠져나왔어!"

예젠잉이 곧장 그 말을 받았다.

"그게 아니지. 중앙의 북상 방침을 집행하러 가는 것이니 떳떳한 진

군이라고 해야지."

사람들이 조용히 웃음을 터뜨렸다. 머릿수를 세어 보니 빠짐없이
다 와 있었다. 하지만 류즈젠이 거느린 선전대원들은 끝내 제때 닿지
못했다.

서쪽으로 삼사 리쯤 걸어 갈림길에 이르자 검은 그림자가 앞을 막
았다. 펑더화이였다. 그는 예젠잉의 손을 덥석 잡으며 말했다.

"어이구, 참모장. 속이 타서 죽을 뻔했어요. 왜 이제야 오는 겁니

까? 난 무슨 일이 난 줄 알았어요."

예젠잉이 웃으며 말했다.

"어지간히 마음을 졸였나 보군요."

"지도를 갖고 왔겠지?"

"그럼요."

그가 고개를 까딱이고는 뒤를 가리키며 말했다.

"자, 또 누가 왔나 보십시오."

고개를 돌려 보니 군사 위원회 2국을 책임지고 있는 쩡시성曾希聖 증
희성과 2국 부대원들이 와 있었다. 홍군을 움직이는 핵심 세력이라고

할 만한 이들이었다.

그들은 서로 오랜만에 만난 사람들처럼 반갑게 그러안았다.

"참모장, 어서 갑시다."

펑더화이는 일을 그르칠까 봐 서둘렀다. 사람들은 뒤뒤거우奪奪溝 탈탈구 골짜기로 들어서 북쪽으로 길을 잡았다. 펑더화이는 여전히 갈림길에 우뚝 서서 경계를 서는 늙은 기러기처럼 둘레를 살폈다. 추운 날씨라 가끔 오가며 몸을 움직였다. 부대가 멀리 간 다음에야 그는 경계를 풀고 부대를 따라 천천히 걸었다.

펑더화이가 부대를 따라잡았을 때는 해가 떠오른 뒤였다. 예젠잉은 길가에 서서 한창 마오쩌둥, 저우언라이, 왕자샹, 보구와 웃으면서 이야기를 나누고 있었다.

부대가 넓은 평지에 모이자 장원톈이 연설을 했다. 부대가 바삐 떠나다 보니 영문도 모르고 따라나선 사람들이 많았다. 그동안 벌어진 일들을 듣더니 누구라 할 것 없이 분통을 터뜨렸다.

"뒤를 쫓는 사람이 있다!"

누군가 소리쳤다. 큰길에서 먼지가 자욱하게 일면서 말굽 소리가

자지러지게 들려왔다. 펑더화이는 곧장 보초를 세웠다. 부참모장 리터가 거느린 기병대가 뒤를 밟고 있었다.

3군단에 속한 군정 대학 전사들이 빠져나올 때 이 학교 교장 허웨이何畏 하외 한테 들킨 것이다. 그는 4방면군 군단장으로 있다가 1·4방면군이 합류하고 나서 군정 대학 교장이 된 사람이었다. 부상으로 쉬고 있다가 부대원들이 몰래 행동하는 것을 눈치 채고 들것에 앉아 총지휘부로 달려갔다.

총지휘부는 벌집을 쑤셔 놓은 듯 난장판이 되었다. 천창하오는 노

발대발해서 곧장 간부 회의를 소집했다.

그는 중앙이 적에게 투항했다고 욕을 퍼부으면서 당장 전투 준비를 하라고 소리를 질렀다. 하지만 뒤쫓느냐 마느냐를 토론하는 회의에서 부참모장 리터만 빼고 간부들 대부분이 당 중앙과 중앙 홍군을 뒤쫓는 것을 반대했다.

간부들이 반대하고 나서자 천창하오도 어쩔 수 없었다. 쉬샹첸은 이불을 뒤집어쓰고 침대에 누워 버렸다.

참모가 와서 중앙 홍군을 뒤쫓아야 되지 않느냐고 하자 쉬샹첸이 말했다.

"세상에 홍군이 홍군이랑 싸운다는 게 말이 된다고 생각합니까?"

천창하오도 가만히 있는 수밖에 없었다. 하지만 천창하오는 리터에게 3군단더러 돌아오라고 권고하는 문서 한 통을 들려 뒤쫓아 보냈다.

펑더화이가 사람들을 거느리고 앞에 나서서 맞았다. 리터도 말에서 내렸다. 리터가 펑더화이를 노려보며 문서를 건넸다.

"펑 군단장. 총지휘관이 보낸 겁니다."

중앙은 어젯밤 본부에 아무런 보고도 없이 1방면군과 직속 기관을 멋대로 데리고 떠났으며, 그동안 마오쩌둥과 저우언라이의 도망주의 노선을 따르면서 벌써 수십만 전사들 목숨을 헛되이 잃게 했다. 당신들은 왜 몇몇 사람이 하는 나쁜 짓을 따라 혁명 역량을 흩어 놓고 적을 이롭게 하는가?

마지막에는 펑더화이를 보고 부대를 거느리고 아시로 돌아오라고 했다. 펑더화이는 편지를 호주머니에 구겨 넣으며 벌컥 화를 냈다.

"도망주의 노선이라니? 누가 도망주의 노선이란 말입니까?"

리터도 기죽지 않고 두 다리를 떡 버티고 서서 말했다.

"중앙이 말도 없이 갔으니 도망주의가 아니고 뭡니까!"

"그렇게 말하면 안 되지."

펑더화이가 목청을 높였다.

"북상하자는 방침은 벌써 정한 겁니다. 장 주석도 동의했어요. 이 방침을 집행하는 게 어찌 도망주의란 말입니까? 어디 한번 말해 보세요."

"펑더화이, 경고하는데 더 고집을 부리지 말란 말입니다!"

리터가 손가락질하며 소리쳤다.

"장정을 시작할 때 당신들은 몇 사람이었습니까? 하지만 지금은 얼마지요? 만 명도 안 되는 병력을 이끌고 이제사 북쪽으로 간들 뭘 어쩌겠다는 겁니까? 천 정치위원은 좋은 마음으로 말하는 겁니다. 잘 생각해 보십시오."

"허튼 소리 따윈 집어치워!"

펑더화이는 화를 버럭 냈다.

"됐습니다. 됐어요. 더화이 동지, 나는 다투고 싶지는 않습니다."

이때 마오쩌둥이 허름한 외투를 걸치고 손에 담배를 낀 채 사람들을 헤치고 천천히 걸어 나왔다. 그는 펑더화이를 몇 마디 다독인 뒤 리터한테 다가갔다.

"리터 동지. 더 이상 다툴 필요가 없는 것 같습니다. 동지는 오늘 명령을 받고 펑더화이 동지를 설득하러 왔는데 펑더화이 동지는 받아들일 수가 없다고 하니 서로 생각을 정리할 시간이 필요하지 않겠습니까. 어떻게 됐든 우리는 모두 공산당이고 홍군입니다. 한집안이지요. 지금 중앙은 북쪽으로 가려고 하고 장궈타오 동지는 남쪽으로 방향을

틀었는데, 옳고 그름은 시간이 증명해 줄 겁니다. 만약 남하가 옳다고 생각한다면 남하를 하면 될 것 아닙니까. 억지로는 일이 될 리 없지요. 4방면군 동지들이 남하한다면 반드시 실패할 겁니다. 나는 그렇게 믿어요. 일 년도 못 돼 다시 돌아올 겁니다. 우리는 한 걸음 먼저 갈 뿐이지요. 동지는 어떻게 생각합니까?"

리터도 딱히 할 말이 없었다. 그는 얼굴을 붉히며 고개를 떨궜다. 마오쩌둥은 전사들 쪽으로 고개를 돌렸다.

"여기 리 부참모장을 따라가고 싶은 사람이 있으면 가도 좋습니다."

하지만 홍군 대학에서도 4방면군에 몸담고 있는 전사들은 대부분 남았기 때문에 따라나서는 사람이 없었다. 이때 펑더화이가 호주머니에서 편지를 꺼내 들고 마오쩌둥의 앞에 흔들며 말했다.

"이 편지를 어떻게 할까요?"

그러자 마오쩌둥이 웃으며 대답했다.

"리터한테 편지를 받았다는 증표를 써 줘요. 그리고 나중에 만날 기회가 있을 거라고 이야기하면 되겠지."

리터는 증표를 받고는 말에 올라 기병들을 데리고 돌아갔다. 마침

내 중앙 홍군과 지도자들은 북쪽으로 전진할 수 있게 되었다. 홍군 전사들은 1군단이 있는 어제로 출발했다.

펑더화이와 마오쩌둥은 3군단 뒤에서 걸었다. 펑더화이는 여전히 딱딱한 얼굴로 눈썹을 찌푸리고 있었다. 길을 가면서 그가 물었다.

"장궈타오 무리들이 또 뒤쫓아 오면 어쩔 겁니까?"

"그래도 싸워서는 안 됩니다."

마오쩌둥이 고개를 가로저었다.

"우리를 붙잡고 강제로 남하를 하자고 하면?"

"따라서 남하하는 수밖에 없지 않겠습니까. 하지만 그 사람들도 깨

달을 때가 있겠지."

펑더화이는 더 말이 없었다. 낮은 한숨 소리와 뚜벅뚜벅 걷는 소리만이 좁은 산길을 울렸다.

아시에서 어제까지는 하룻길이었다. 길은 반나마 초지였다. 어렵게 만난 1·4방면군이 이런 식으로 다시 쪼개지게 되자 고위 간부들은 마음이 괴롭고 쓰렸다. 하지만 많은 지휘관들은 긴 시간 죽음의 골짜기에 처박혀 있다가 이제야 드넓은 들판으로 나온 듯한 기분이었다. 모처럼 숨이 탁 트였다. 북쪽으로 진군해 근거지를 세우고 일본 놈을 무찌를 날이 눈앞에 펼쳐지는 듯했다. 여윈 몸에 누더기 같은 옷을 걸친 전사들은 꾀죄죄한 얼굴로 환하게 웃었다. 남쪽에서 온 이들은 신나게 산 노래를 불러 제꼈다.

마오쩌둥은 말을 타고 가는 내내 마음이 착잡했다. 무거운 짐을 벗어 버린 듯 홀가분하기도 했지만 둘로 쪼개졌다는 사실이 믿기지 않았다. 일은 이미 되돌릴 수 없게 되었지만 차분히 되새겨 보아야 했다. 한창 생각에 잠겨 있는데 앞에서 누군가 그를 부르는 소리가 들렸다.

고개를 들고 보니 길가에 두 사람이 서 있었다. 한 사람은 홀쭉한 얼굴에 키가 작았는데 남의 옷을 빌린 듯 기다란 군복을 입고 있어서 다리가 무척 짧아 보였다. 문학가 청팡우成仿吾 성방오였다. 다른 한 사람은 낯이 설었는데, 바싹 마르고 키가 컸다. 4방면군의 큰 팔각 모자를 썼는데 깔끔하고 노련한 인상에 새까만 눈에 총기가 돌았다. 마오쩌둥은 말에서 내려 웃으며 인사를 건넸다.

"팡우로군요. 그래 요즘은 어떤 시를 씁니까?"

"마오 주석 동지, 주석 동지는 군사 일을 돌보는 중에도 시를 읊으

시는지 모르겠지만 저는 목숨을 돌볼 형편도 되지 않습니다."

그는 뒤에 선 여위고 키 큰 사람을 마오쩌둥에게 소개했다.

"이 동지는 4방면군 보위부에 있는 치더린祁德林 기덕림인데 홍군 대학에서 공부를 하고 있어요. 오늘 아침에 우리를 따라왔지요. 주석 동지한테 할 얘기가 있다는데, 시간 있으십니까?"

"괜찮습니다. 걸으면서 얘기할까요?"

마오쩌둥은 두 사람 사이에 서서 함께 걷기 시작했다.

"마오 주석 동지, 저는 부탁을 받고 중앙에 정황을 알리려고 했지만 기회가 없었습니다. 이젠 늦어 버렸지요. 그이가 죽었으니까요. 죽은 사람한테 미안할 뿐입니다."

치더린이 괴로운 얼굴로 고개를 떨궜다.

"죽은 사람이라니, 누구를 말하는 겁니까?"

마오쩌둥이 물었다.

"쩡중성 동지 말입니다."

"뭐, 쩡중성?"

마오쩌둥이 날카롭게 되물었다.

"쩡중성이 정말 죽었단 말입니까?"

"쥐커지에서 비밀리에 처형되었습니다. 숲 속에 끌고 가서 밧줄로 목을 졸라 죽여 놓고는 정쭝성이 적에게 투항하려고 도망쳤다고 했지요."

마오쩌둥은 너무 놀라서 담배를 쥐고 있던 손이 덜덜 떨렸다.

쩡중성도 후난 사람인데 1925년에 공산당원이 되었다. 황푸 군관학교에서 공부할 때 늘 농민 운동 강습소에 와서 마오쩌둥의 강의를

듣곤 했다. 그는 글도 잘 썼고, 무엇보다 군사 전략을 깊이 이해하고
있는 사람이었다.

마오얼가이에서 장궈타오를 만났을 때 마오쩌둥은 쩡중성의 안부를
물었다. 장궈타오는 쩡중성이 몸이 안 좋아서 후방에서 쉬고 있다고
얼버무렸다. 두 방면군 사이에 정치적 문제가 복잡하게 얽혀 있을 때
라 마오쩌둥도 더 캐물을 형편이 되지 않았다.

"왜 처형당한 겁니까?"

치더린이 한숨을 쉬면서 대답했다.

"쩡중성 동지는 벌써 오래전부터 감옥에 갇혀 있었습니다. 1 · 4방

면군이 만나게 되니까 그는 중앙이 곁에 왔다고 몹시 흥분했지요. 그
런데 쩡중성 동지 방에 한밤중까지 불이 켜져 있으니까 누가 장궈타오
한테 알린 모양입니다. 장궈타오는 쩡중성 동지가 자신의 잘못을 중앙
에 고발하는 편지를 쓰고 있다는 걸 눈치 채고 먼저 손을 썼습니다."

"그런데 감옥이라니? 무슨 감옥 말입니까?"

"쓰촨·산시 소비에트 구역에 있을 때 장궈타오가 쩡중성 동지더러
트로츠키, 천두슈 같은 반혁명 분자라는 둥, 우파 우두머리라는 둥 하
면서 말도 안 되는 트집을 잡아 감옥에 처넣었습니다. 심지어 행군할
때도 두 손을 묶었어요."

"그런 일이 한두 번이 아닙니다."

청팡우가 끼어들었다.

"랴오청즈廖承志 료승지 동지와 쓰촨 성 성 위원회 서기 라스원羅世文 라세문 동지도 모두 묶인 채 행군을 했지요. 랴오청즈가 중앙에다가 쓰촨·산시 소비에트 구역에서 일어나고 있는 일들을 사실대로 보고했다고 장궈타오가 보위부에 보내 가뒀습니다."

"그럼 쩡중성은 왜 가뒀습니까?"

"샤오허커우小河口 소하구 회의 때 바른 소리를 좀 했거든요."

치더린은 그때 이야기를 꺼냈다.

4방면군이 후베이·허난·안후이 소비에트 구역에서 철거한 뒤, 장궈타오는 고위 간부들과 의논도 하지 않고 그저 서쪽으로 걸으라고 다그쳤다. 전사들도 아무런 설명을 들을 수 없었다. 장궈타오가 대체 무슨 꿍꿍이인지는 누구도 몰랐다. 그러니 위아래 할 것 없이 원망이 커질 수밖에 없었다.

쩡중성, 쾅지쉰, 위두싼餘篤三 여독삼, 주광朱光 주광, 장친추張琴秋 장금추, 류치劉杞 류기, 왕전화王振華 왕진화 같은 지도자들의 불만은 더 컸다. 그들은 이렇게 무작정 움직이는 것은 굉장히 위험한 일이라고 생각했다. 그래서 함께 모여서 의논한 다음 대표로 쩡중성이 편지를 써 장궈타오에게 끝없는 퇴각을 즉시 멈추고 산시 성과 후베이 일대에 새로운 근거지를 세우자고 제안하기로 했다. 장궈타오는 고립되었다. 여러 사람들의 불만을 더 이상 무시할 수 없게 되자 장궈타오는 샤오허커우에서 사단장 이상 간부 회의를 소집했다.

"쩡중성 동지가 중요한 얘길 한 겁니까?"

"하다뿐입니까. 그것도 맨 처음에 했지요."

치더린의 목소리는 점점 높아졌다.

"그날 쩡중성 동지는 정말 용감했습니다. 누구도 건드릴 수 없는 패왕 장궈타오 앞에서 여러 가지 실례를 들어 가며 근거 있게 비판을 했습니다."

뒤를 이어 다른 지도자들도 발언했다. 그들은 장궈타오가 토지 개혁과 반혁명 숙청을 하면서 저지른 잘못, 네 차례 반 포위 토벌에 나서면서 막무가내로 적을 얕보다가 후베이·허난·안후이 근거지를 부랴부랴 떠나게 된 일, 특히 근거지를 세울 생각은 하지 않고 서쪽으로 끝없이 물러나기만 한 잘못 따위를 비판했다. 또 가부장적인 태도로 민주라곤 전혀 없이 당과 군대를 이끄는 것에 대해서도 비판했다. 장궈타오는 사람들이 한꺼번에 자신을 비판하고 나서자 놀라 마지않았다. 그는 얼굴이 빨갛게 달아올라 눈을 찌푸리고 꼼짝 않고 앉아 있었다.

열심히 듣고 있던 마오쩌둥이 눈을 가늘게 뜨며 물었다.

"장궈타오가 그 비판을 받아들였습니까?"

"워낙 수단이 뛰어난 사람 아닙니까."

치더린이 입을 비쭉이며 말했다.

"편들어 주는 이 하나 없이 궁지에 몰리니까 장궈타오는 금세 태도를 바꾸더군요. 비판을 달게 받아들이겠다면서 앞으로 꼭 집단 지도를 강화하겠다고 했습니다. 그리고 쩡중성을 시베이 혁명 군사 위원회 참모장으로, 장친추를 총정치부 주임으로 임명했지요. 이렇게 순식간에 사람들의 반발을 덮었습니다. 덕분에 사람들은 장궈타오가 아주 괜찮은 사람이라고 여기게 됐구요."

　여기까지 말하고 나서 치더린은 길게 한숨을 쉬었다.

　"우리는 너무 쉽게 기만당했습니다. 모두 그를 믿었거든요."

　"다들 순진했군요."

　그때는 쩡중성도 장궈타오를 믿었다. 쓰촨·산시 근거지를 개척하면서, 쩡중성은 세 갈래로 포위해 오는 적들과 맞서 싸웠다. 다친 다리가 아직 낫지 않았지만 지팡이를 짚고 이리저리 뛰었다. 하지만 근거지가 어느 정도 자리를 잡게 되자 장궈타오는 대뜸 태도를 바꿨다. 샤오허커우 회의 때 일을 마음속 깊이 두고 있었던 것이다. 때가 무르

익자 장궈타오는 손을 쓰기 시작했다.

그는 '우파의 우두머리'라는 죄목을 덮어씌워 쩡중성을 체포하고 같은 날 쉬이신徐以新 서이신을 잡아들였다. 그리고 그즈음 홍군 10사단 참모 주임 우잔吳展 오전, 홍군 4방면군 본부 참모 주임 수위장舒玉章 서옥장, 홍군 4군단 군단장을 지내고 쓰촨·산시 소비에트 구역 임시 혁명 위원회 주석으로 일하던 쾅지쉰, 후베이·허난·안후이 군사 위원회 정치부 주임을 지낸 위두산, 73사단 정치부 주임 자오전우趙箴吾 조잠오, 쓰촨·산시 독립 사단 사단장 런웨이장任瑋璋 임위장, 참모장 장이민張逸民 장일민을 비롯 많은 사람들이 장궈타오의 손에 죽었다. 쩡중성은 중국 공산당에서 이름이 높고 영향력도 큰 사람이다 보니 곧바로 죽이지는 않았다. 하지만 그 역시 오래 버티진 못했다.

치더린은 목이 메이는지 한참 말을 못 했다.

"4방면군 동지들은 쩡중성 동지야말로 우리 공산당원의 모범이라고 이야기합니다. 풍부한 식견과 인자한 됨됨이에 탄복하지 않는 사람이 없습니다."

마오쩌둥이 고개를 끄덕였다. 갑자기 앞에서 전사들의 환성이 들려왔다. 마침내 초지를 빠져나와 바이룽 강白龍江 백룡강 기슭에 난 골짜기에 들어선 것이다.

"쩡중성 동지의 일을 말할라 치면 더 이전으로 거슬러 올라가야 할 겁니다. 뿌리가 깊지요."

청팡우가 한숨을 쉬며 말문을 열었다.

장궈타오는 왕밍의 명령을 받고 후베이·허난·안후이 소비에트 구역으로 왔다. 그 무렵 후베이·허난·안후이 소비에트 구역은 위험한 고비를 벗어나 근거지를 더욱 넓히고 있었다. 쩡중성을 비롯한 여러 사람들이 애쓴 덕분이었다. 장궈타오는 오자마자 쩡중성을 홍군 4군단 정치위원으로 내려보냈다. 쩡중성은 원망하지 않았다.

하지만 얼마 지나지 않아 군사 문제를 두고 다툼이 생겼다. 국민당이 중앙 소비에트 구역에 3차 포위 토벌을 시작했을 때 쩡중성과 쉬상첸은 이 기회에 부대를 바깥으로 확장시켜 황메이黃梅 황매, 광지廣濟 광제 일대로 남하하고, 양쯔 강을 위협해 중앙 소비에트 구역의 3차 반포위 토벌에 힘을 실어 주어야 한다고 주장했다. 하지만 장궈타오는 이 의견을 거부했다. 그래 놓고 나중에는 잉산英山 영산을 점령한 다음 안칭安慶 안경을 공격해 난징을 위협하자고 요구했다. 그러나 안칭을 공격하려면 사백 리 남짓한 적 점령 구역을 거쳐야 했다.

쩡중성이 그 의견을 받아들이지 않은 것은 당연한 일이었다. 그는 잉산을 점령한 뒤 잇달아 시수이浠水 희수, 광지, 뤄톈羅田 라전을 점령하고 적 일곱 개 연대를 무찔러 중앙 소비에트 구역의 투쟁에 큰 힘을 보탰다. 하지만 그것이 되레 쩡중성의 죄목이 되었다. 동쪽으로 안칭을 공격해야 한다는 장궈타오의 의견을 무시했기 때문이다.

장궈타오는 곧 쩡중성이 이끄는 부대더러 북쪽으로 돌아오라고 명령했다. 그러면서 쩡중성이 "정치적으로 이미 끝장난 리리싼 노선을 되풀이하고 있으며 중앙 소비에트 구역에 대한 지원을 포기하고 후베이 · 허난 · 안후이 소비에트 분국의 명령을 어겼다."고 몰아붙였다. 쩡중성은 군단 정치위원 자리에서 쫓겨났다. 곧이어 '바이췌위안白雀園 백작원 대숙청'이 시작되었다.

쩡중성이 해직된 지 얼마 안 돼 홍군 4군단에서 가장 유명한 두 사단장 쉬지선許繼慎 허계신과 저우웨이중周維炯 주유형이 체포되었다. 행군을 하면서는 그들을 들것에 묶어 놓고 흰 천으로 덮었다. 남하를 할지 동쪽을 칠지를 두고 논쟁할 때 이 두 사람이 쩡중성 편에 섰기 때문이다.

쉬지선은 황푸 군관 학교 1기 졸업생으로 북벌 시기에 예팅 밑에서 대대장을 맡았다. 평소에 장궈타오를 노련한 기회주의자라며 못마땅하게 여기던 터라 장궈타오와 사이가 좋지 않았다. 팅쓰차오 전투에서 빛나는 공을 세워 국민당 쪽에서도 이름이 높았다. 장제스는 쉬지선을 없애려고 간첩을 보내 쉬지선에게 편지를 건넸다.

장궈타오는 이 기회를 놓치지 않고 칼을 빼 들었다. 쉬지선이 남하를 주장한 것은 부대를 이끌고 장제스에게 투항하기 위해서라고 몰아갔다. 얼마 안 있어 쉬지선은 살해당했다. 이즈음 저우웨이중, 다이커민戴克民 대극민, 쉬펑런徐朋人 서붕인처럼 후베이·허난·안후이 소비에트 구역을 처음 일군 사람들과 연대 이상 간부들이 모두 살해되었다. 이 숙청 바람은 지방으로 번져 숱하게 죽어 나갔다.

"그런데 후베이·허난·안후이 소비에트 구역에선 어떻게 떠나게 된 겁니까?"

마오쩌둥이 물었다.

"장궈타오는 군사를 전혀 모르는 데다가 정치나 사상 모두 좌우를 오락가락하는 사람이지요."

청팡우가 말했다.

4차 포위 토벌이 시작되기 전, 4방면군은 국민당군과 싸워 여러 차례 이겼다. 잇따른 승리로 장궈타오는 이성을 잃었다. 적의 4차 포위

토벌을 가벼이 본 것이다. 쉬샹첸이 철저히 준비를 해야 한다고 얘기
했지만 장궈타오는 제대로 듣지 않았다. 마침내 적이 진격해 오자 적
을 깊이 끌어들이지 않고 억지로 맞서 싸우기만 하다가 근거지를 대부
분 잃었다.

그러자 장궈타오는 겁을 먹었다. 하지만 그는 허커우河口 하구 북쪽
에 있는 황차이판黃柴販 황시판에서 열린 회의에서 그는 소비에트 구역
을 보호하기 위해 싸움터에 나가 적을 무찌를지언정 절대 후베이·허

난·안후이 근거지를 떠나지 않을 것이라고 거듭 말했다.

"하지만 결국 떠나지 않았습니까. 왜지요? 후베이·허난·안후이에서야 자꾸만 지는 바람에 형편이 어려워졌으니 떠났다 치지만 쓰촨·산시 소비에트 구역에서는 한창 잘나가지 않았습니까."

치더린이 쓸쓸하게 웃으며 대꾸했다.

"장궈타오 말로는 쓰촨·산시 소비에트 구역은 물이 다 빠진 레몬이라더군요."

"물 빠진 레몬이라니?"

마오쩌둥이 고개를 갸웃했다.

"그럼 다시 세운 근거지가 또 물 빠진 레몬이 된다면 어떻게 합니까? 또 버려야 하나?"

"뭐, 사실을 말하자면 적이 무서웠기 때문이지요. 4방면군은 여섯 갈래로 조여 오는 적의 포위 공격을 짓부수고 적 팔만여 명을 무찌르면서 위엄을 떨쳤습니다. 하지만 장궈타오는 장제스가 쓰촨·산시 근거지를 쓸어버리려고 군사를 움직이고 있다는 말을 듣고 간담이 서늘해졌지요. 특히 후중난을 두려워했습니다. 게다가 중앙 홍군이 근거지를 잃고 하는 수 없이 장정 길에 올랐다는 말을 듣고는 혁명이 침체기에 들어서서 더 싸우기 어렵다고 인정하게 된 겁니다. 이것이야말로 근본 원인입니다. 장궈타오는 나중에 쓰촨·산시 소비에트 구역에서 철수하고 간쑤 남부로 나아가자고 주장하다가 별 지지를 못 얻으니까 술책을 부렸지요."

"술책이라니?"

"자링 강 싸움을 틈타 전방에 병력을 보내야 한다면서 끊임없이 주력 부대와 유격대를 서쪽으로 이동시켰습니다. 발을 빼기 위한 마무리 작업이었지요."

자링 강을 무사히 건너자 장궈타오는 아무런 회의나 의논도 없이 근거지에 있는 모든 유격대를 끌어모아 부녀 독립 연대 두 개를 편성하고 지방 기관과 향 이상 조직의 간부를 모두 데리고 쓰촨·산시 근거지를 떠나 주력 부대를 따라 서쪽으로 나갔다. 장궈타오는 적들의 보급로를 끊어야 한다면서 집을 숱하게 태워 버렸다. 부대와 후방 기관이 자링 강을 건넌 뒤에야 전방에서 싸우던 지휘관들은 장궈타오가 이 년 동안 피 흘려 일군 근거지를 버렸고 자기네 고향도 적들한테 내주었다는 것을 알게 되었다. 고위 지휘관들도 사정은 마찬가지였다.

마오쩌둥은 길게 한숨을 내쉬더니 중얼거렸다.

"정말 그래요. 마오얼가이에서 장궈타오가 군대를 좌, 우 두 갈래로 나누자고 했을 때 우리는 모두 동의했지. 지금 보면 딴 궁리가 있어서 벌인 일 같아요."

"딴 궁리라니요?"

"생각해 보세요. 쓰촨·산시 근거지를 떠날 때하고 같지 않습니까. 이번에도 그는 아바에 간 다음에야 속내를 드러냈지요. 하지만 군사를 두 갈래로 나누자고 할 때 속으로는 다 생각이 있었을 거예요."

청팡우와 치더린이 씁쓸하게 웃었다. 치더린이 말했다.

"우리가 여기 세 달 동안 머물러 있으면서 얼마나 큰 고통을 겪었습니까. 시캉은 아마 더 힘든 곳일 겁니다. 그런데 장궈타오는 왜 그런 곳을 좋아할까요? 언제나 서쪽으로만 눈길을 돌리고 있지요. 쓰촨·시캉 아니면 시캉·칭하이·신장新疆 신장·시짱西藏 서장인데, 그야말로 서쪽으로 서쪽으로 나아가는 노선이라 할 수 있습니다.”

“동지들은 당나라 사람 규염객虯髯客 을 알고 있습니까?”

마오쩌둥이 웃으면서 말했다.

“이 규염객이란 사람 생각이 바로 이래요. 그때 천하가 이세민李世民 을 진짜 천자라고 모시니까 그는 ‘이 큰 중국 땅에서 너와 천하를 다 투고 싶지 않으니 외진 곳에 가서 임금이 되련다.’ 하지요. 규염객은 정말 가산을 몽땅 친구한테 줍니다. 그러고는 군대를 이끌고 동남쪽 바다로 가서 어느 작은 나라의 임금을 죽이는 데 성공해요. 뭐, 어쨌 든 임금은 임금이지. 큰 임금이 못 되면 작은 임금이라도 하고 큰 나 라를 다스리는 임금이 되지 못하면 자그마한 나라를 다스리는 임금이 라도 되고 보자는 것 아니겠습니까.”

그 말에 두 사람은 하하하 웃음을 터뜨리며 고개를 끄덕였다.

얼마 안 가 사람들이 기뻐 날뛰는 소리가 들려왔다. 저 앞에 어제가 보였다.

바이룽 강가에 있는 티베트 족 마을 어제에서 1·3군단 전사들은 마치 오랜만에 만난 혈육처럼 부둥켜안았다. 고위 간부들도 마찬가지 였다. 언제 갈등이나 응어리가 있었냐는 듯 한마음이 되었다.

마을 옆으로 수십 미터나 되는 깊은 골짜기가 있고 골짜기 위로 좁 다란 외나무다리가 놓여 있었다. 그 외나무다리를 건너야 어제였다. 작은 마을에서 유일하게 커다란 집이 바로 티베트 족 경당이었다. 9월 12일 오전, 지도자들이 모두 이곳에 모였다. 중앙 정치국 긴급 확대회 의가 열린 것이다.

저우언라이만 몸이 좋지 않아 빠졌을 뿐 마오쩌둥, 장원톈, 보구,

왕자샹, 허카이펑, 류샤오치, 덩파 같은 정치국 위원들이 오랜만에 한 자리에 모였다.

펑더화이, 양상쿤, 린뱌오, 녜룽전, 차이수판蔡樹藩 채수번, 예젠잉, 리푸춘, 린보춰, 리웨이한, 주루이朱瑞 주서, 뤄루이칭羅瑞卿 나서경, 위안궈핑, 장춘칭張純靑 장순청을 비롯해 스물한 사람이 더 참가했다. 자그마한 경당이 사람들로 빼곡히 들어찼다. 회의를 앞두고 다들 웃고 떠들며 즐겁게 이야기를 나누었다. 사람들은 예젠잉을 둘러싸고 그 '아슬아슬했던 장면'에 대해 물었다. 호위병들은 어디서 얻어 왔는지 복도에 커다란 주전자를 걸어 놓고 물을 끓였다. 마른 나무가 툭탁 툭

타닥 불꽃을 튀기며 훨훨 타올랐다.

겉으로야 웃으면서 이야기를 나눴지만 씁쓸하고 떫은 기분을 완전히 떨쳐 버릴 수는 없었다. 마오쩌둥은 더욱 그러했다. 그는 누구보다 북진을 꿈꿨다. 십만 대군이 함께 간쑤 남부에 들어간다면 마치 용이 바다에 들어간 듯 마음대로 주름잡으면서 멋지게 싸울 수 있으리라 생각했다. 시베이에 적군이 많기는 하지만 파벌 싸움을 부추긴다면 얼마든지 가능한 일이었다. 기동전에 강한 장점을 살려 한 개 군단, 한 개 사단하고만 싸운다면 상황은 금방 바뀔 수도 있었다. 그런 다음 동쪽으로 나아가 일본 제국주의 세력을 몰아내려는 인민들과 힘을 모은

다면 미래가 밝을 것 같았다.

하지만 이런 상상은 순식간에 물거품이 되었다.

비록 1·3군단은 이끌고 나왔지만 머릿수가 겨우 칠팔천 명밖에 되지 않았다. 팔만 육천 명이 장시를 출발했는데 십분의 일에도 못 미치는 숫자만 남은 것이다. 이런 생각을 하니 마음이 얼마나 괴로운지 몰랐다. 하지만 마오쩌둥은 이대로 실망하고 주저앉아서는 안 된다고 스스로를 다독였다.

모자를 쓰고 마오쩌둥 곁에 앉아 있던 장원톈이 상을 톡톡 치면서 마오쩌둥이 중앙 서기처를 대표해 보고를 하겠다고 말했다. 마오쩌둥은 싯누런 손가락에 담배를 낀 채 연설을 하기 시작했다.

먼저 고통스러운 지난 몇 달을 돌아보았다. 1·4방면군이 합류한 뒤 당 중앙은 북쪽으로 나아가려고 했지만 장궈타오는 기회를 엿보면서 군대를 움직이지 않았다. 7월 중순, 당 중앙에서 홍군을 집결시키라고 했지만 장궈타오는 따르지 않았다. 루화에 이르러 중앙 정치국에서 장궈타오를 홍군 총정치위원으로 임명한 뒤에야 홍군 4방면군을 거느리고 북쪽으로 나아갔지만 마오얼가이에 이르기 전에 또 흔들렸고, 아바에 이르러서는 더 나아가지 않고 되레 우로군더러 남하하라고 요구했다. 중앙 정치국의 몇몇 동지들이 모여 임시 회의를 열고 장궈타오에게 함께 북진하자며 전보를 쳤지만 장궈타오가 드러내 놓고 중앙의 방침에 맞섰다. 그래서 1방면군의 주력 부대만 단독으로 북

진하게 되었다고 보고했다.

마오쩌둥은 담담하게 이야기하려고 애를 썼다.

"우리는 물론 믿음직한 지역을 기반으로 삼아야 합니다. 하지만 앞으로 나아갈 길도 없고 뒤로 물러설 길도 없는 곳, 양식이 모자라고 사람이 많이 살지 않는 곳을 기반으로 삼을 수는 없습니다. 남쪽으로 가면 결국 길을 잃게 됩니다. 한두 달이야 괜찮겠지만 야안, 다젠루打箭爐 타전로까지 쳐들어가기도 힘들 겁니다. 그런 곳에 가면 홍군이 줄어들기만 할 뿐, 사람을 모을 수 없어서 부대를 대부분 잃게 됩니다. 중앙은 절대 1·3군단을 이끌고 그 길을 가지 않을 것입니다. 중앙은 다젠루가 아니라 전국 혁명을 지휘할 수 있는 지역으로 가야 합니다."

마오쩌둥은 침통하게 말했다.

"1·4방면군이 헤어지고 장궈타오 동지가 남하했기 때문에 중국 혁명은 심각한 손실을 입었습니다. 하지만 우리가 한결같이 뭉치고 정확하게 부대를 이끌면 반드시 적을 이기고 목적을 이룰 수 있을 것입니다."

그는 굳센 얼굴로 회의장을 죽 둘러보았다.

"적한테 져서 흩어진다 하더라도 우리는 적 점령 구역에서 혁명을 할 수 있고 의용군을 꾸릴 수 있습니다. 우리는 결국 승리하고야 말 것입니다. 우리는 마음을 하나로 모아야 합니다. 단결은 그 어느 때보다 중요합니다."

마오쩌둥은 드디어 가장 힘든 문제를 사람들 앞에 꺼내 놓았다. 그도 장궈타오의 비열함에 치가 떨렸지만 지금은 흥분을 가라앉혀야 했다. 마오쩌둥은 느리지만 분명한 말투로 이야기했다.

"지금 우리가 장궈타오 동지하고 벌이는 투쟁은 역시 당내 투쟁입니다. 앞으로 그가 중앙을 따를 수도 있고 반대할 수도 있습니다. 조직 안에서 최종 결론을 내릴 필요가 있습니다. 하지만 지금 형편에 우리가 당장 결론을 내리고 최후통첩을 보내야 할까요?"

마오쩌둥은 회의장에 모인 사람들을 한 번 둘러보았다.

"아닙니다. 우리는 되도록 그 사람들을 설득해서 우리 쪽으로 끌어와야 합니다. 린뱌오와 네룽전, 펑더화이와 리푸춘 같은 지휘관들 이름으로 전보를 쳐서 돌아올 수 있도록 애써야 합니다. 그럴 가능성이 있기 때문입니다. 물론 돌아오지 않을 수도 있지요."

마오쩌둥의 말에 회의장은 활기를 띠었다. 사람들은 흥분을 가라앉히고 저마다 생각에 잠겼다. 고개를 푹 숙이고 있는 사람도 있고 천장에 매달려 가볍게 흔들거리는 띠를 뚫어져라 보는 이도 있었다. 모두이성을 앞세워 어지러운 마음을 다스리려고 애썼다. 이성과 감정이, 당에 대한 충성심과 당한 만큼 갚아 주고 싶은 마음이, 냉정하게 현실을 바라보는 힘과 치미는 울화가 뒤섞여 갈피를 잡기 어려웠다.

이어서 펑더화이가 홍군이 지금 어떤 형편인지 보고했다. 펑더화이는 지금 부대에 싸울 수 있는 사람이 많이 줄었다면서 대대와 사단을 없애고 연대만 남기자고 제안했다.

펑더화이가 보고를 끝내자 정치국 위원 덩파가 더 참지 못하고 일어섰다.

덩파는 노동자 출신 당원인데 새까만 두 눈이 생기로 넘쳤다. 훤칠한 키에 여느 때처럼 외투를 걸치고 권총을 찬 모습이 늠름했다.

"장궈타오가 지금 총대를 앞세워 당을 위협하고 있는데 이것은 우

리 당 역사에 한 번도 없던 일입니다. 탐낸 자리가 자기 몫이 안 되니까 군대를 움직이지 않았습니다. 그러다가 총정치위원 자리에 오르자 아래에서 이간을 붙이고 부추겼지요. 사워 회의에서는 당 중앙을 자기 입맛에 맞게 뒤엎으려고 했습니다. 정치국 위원이 모두 여덟이었는데 장궈타오는 4방면군 사람으로 아홉 사람을 더 늘리려고 했지요. 우리 당에 언제 이런 일이 있었습니까."

그는 단호한 어조로 목소리를 높였다.

"우리는 두말할 것도 없이 장궈타오와 천창하오를 당적에서 제명해야 합니다. 특별 법정을 열어 재판을 해도 마땅한 일입니다. 중국 혁명은 중앙의 지도 아래에서만 성공할 수 있습니다. 장궈타오가 반혁명 진영으로 넘어간다 해도 괜찮습니다. 뭐가 두렵습니까. 우리는 반드시 그가 공산당원이 아니라는 성명을 발표해야 합니다."

회의장은 또 한 번 술렁거렸다. 대부분 비슷한 심정이었기 때문이다. 하지만 머리는 현실을 고려하면서 깊이 따져 보아야 한다고 말하고 있었다.

이어 총정치부 주임 대리 리푸춘이 발언했다. 왕자샹이 부상으로 들것에 누워 가야 하는 형편이어서 리푸춘이 대신 일을 맡고 있었다.

최근에는 양상쿤이 맡고 있던 3군단 정치위원 자리도 넘겨받았다. 오랫동안 군인으로 살았지만 웃는 얼굴만 보아서는 시골 학교 늙은 교장 선생 같았다.

리푸춘의 발언은 부드러우면서도 냉정했다. 그는 장궈타오가 명령을 따르지 않는다면 즉시 해직시키고 리터는 당성도 없고 오만하니 제명시켜야 한다고 말했다.

중앙 조직부장 뤄마이羅邁 나매가 기침을 두어 번 하더니 입을 열었다. 그는 후난 사람인데 남쪽 사람치고는 드물게 키가 컸다. 남에게든 자신에게든 몹시 엄격해서 무슨 일을 할라치면 물불을 가리지 않았고 조금도 빈틈을 보이지 않았다.

"장궈타오 노선은 본질적으로 보면 적한테 겁먹은 것입니다. 그는 중국 본토에 소비에트 구역을 만드는 데 자신이 없는 겁니다. 장궈타오가 경솔하게 후베이·허난·안후이 근거지와 퉁장·난장·바중에서 철수한 것은 바로 이 때문입니다. 그리고 그는 편 가르기를 하면서 당을 어지럽혔습니다. 6기 4중전회 이후 라장룽羅章龍 라장룽이 한 행동에 버금갑니다."

그는 말을 잠깐 끊었다가 신중한 태도로 말했다.

"하지만 저는 마오쩌둥 동지의 의견처럼 당에서 결정을 내리는 것은 아직 이르다고 생각합니다."

곧이어 왕자샹이 나섰다. 그는 태연해 보였지만 아직도 고름을 빼

내는 고무관을 끼고 있어 고통을 견뎌야 했다.

"장궈타오는 볼셰비키의 지도자가 아니라 건달 습성이 있는 사람입니다. 우리와 장궈타오 사이에 갈등이 생긴 것은 전략이 달라서만이 아니라 노선이 달라서 생긴 것입니다."

왕자샹은 장궈타오가 당의 뜻을 따라서 다시 돌아오는 일은 없겠지만, 그렇다 하더라도 당에서 결정을 내릴 때는 절차가 있어야 한다고 말했다. 회의장 안에 있는 사람들 대부분이 왕자샹의 의견에 고개를 끄덕였다.

뒤를 이어 펑더화이가 발언했다.

"장궈타오에 대한 당의 결정은 필요합니다. 하지만 그가 북상을 하겠다면 최악의 결론은 내리지 않을 수도 있습니다. 서두를 필요는 없습니다."

녜룽전도 그 의견에 찬성했다. 하지만 이번 일이 장궈타오가 후중난한테 겁을 먹고 안전한 곳으로 가려고 해서 벌어진 일이기 때문에, 마오쩌둥과 장궈타오의 권력 다툼이라고 한 몇몇 동지들의 말에는 동의할 수 없다고 했다.

양상쿤도 녜룽전의 말에 힘을 실었다. 그러면서 리푸춘의 말처럼 리터를 당적에서 제명해야 한다고 주장했다.

린뱌오와 보구, 장원톈도 잇달아 발언했다. 그들은 모두 마오쩌둥의 말이 옳다고 목소리를 높였다.

린뱌오는 장궈타오가 1방면군은 지식인 군대이고 4방면군은 노동자·농민의 대오라면서 두 방면군 사이를 갈라놓으려 한 일을 비판하면서, 장궈타오의 잘못을 사람들이 알게 될 날이 곧 올 것이라고 했

다. 보구는 그동안 장궈타오한테 너무 양보를 많이 했다고 인정하면서 내부에서 장궈타오의 잘못을 분명히 알 때까지 어떤 결정도 하지 말고 기다려야 한다고 했다.

장원톈은 이론가답게 치밀했다. 이대로 가다가는 장궈타오가 다른 당을 꾸릴 테니 반드시 4방면군 간부들에게 그 점을 알려야 한다고 지적했다. 지금은 4방면군 간부들을 최대한 끌어오는 데 힘쓸 때라면서 장궈타오에 대한 결정은 희망이 아예 없을 때까지 기다려야 한다고 말했다.

이번 회의는 여느 때와 달랐다. 서로 팽팽하게 맞서 숨 가쁘게 진행된 회의도 아니고 겉으로는 웃으면서 가시 박힌 말로 마음을 후벼 파

는 회의도 아니었다. 담담하고 따분하기만 한 그런 맨송맨송한 회의
는 더더욱 아니었다.

　오늘은 누구나 자기 자신과 싸웠다. 감정이 북받치는 대로 일을 결
정할 수는 없었다. 한 사람씩 말을 보탤수록 회의장에 모인 이들의 마
음은 차츰 차분해졌다.

　마오쩌둥은 자욱한 담배 연기 속에서 정신을 모으고 다른 사람들
이야기에 귀를 기울였다. 다른 사람들의 의견을 하나씩 듣고 있자니

씁쓸하고 떨떠름하던 마음이 물러나고 자신감이 제자리를 찾았다.

　마오쩌둥은 장궈타오가 군벌주의로 더 나아간다면 혁명을 배반할 가능성이 있다면서, 이번 일로 혁명이 큰 손실을 입었지만 혁명의 힘은 절대 약해지지 않을 것이라고 힘주어 말했다.

　마오쩌둥의 연설이 끝날 때쯤, 복도에 매달린 큰 주전자에서 물이 펄펄 끓어 넘쳤다. 호위병들은 서둘러 주전자를 들고 들어와 모인 사람들에게 따뜻한 물을 부어 주었다.

자그마한 경당은 회의가 시작되기 전처럼 활기를 되찾았다. 말소리, 웃음소리가 한데 어울려 떠들썩했다.

18장 마지막 고비, 라쯔켜우

이튿날 부대는 바로 어제를 떠났다. 그즈음 간쑤 남부 민저우岷州 민
주 일대에는 적 두 개 사단이 있었다. 하나는 국민당군 12사단 탕화이
위안唐淮源 당회원의 부대고 하나는 새로 편성한 14사단 루다창魯大昌 노
대창의 부대였다. 마오쩌둥은 1군단을 거느리고 앞장서서 바이룽 강을
따라 동쪽으로 진군했다.

바이룽 강은 그다지 넓지 않았다. 너른 곳이 삼십 미터쯤이고 좁은
곳은 삼 미터 남짓이었다. 하지만 물살이 어찌나 센지 물소리가 천둥
처럼 울렸다. 마치 흰 용이 춤추듯 날뛰는 것 같았다. 강 양쪽은 대부
분 절벽이고 기슭에 오솔길이 나 있었다. 오솔길이 끝나는 곳에는 나

무를 달아낸 길이 길게 이어져 있었다. 이런 길은 바오싱을 지날 때 이미 건넌 적이 있었다. 하지만 이곳은 한결 아슬아슬했다. 깎아지른 듯 높은 절벽에 나무판이 걸려 있는데 너비가 삼십 센티미터 남짓 될까 말까 했다. 길 아래는 물이 세차게 흐르고 있어서, 그 소리만으로도 머리가 어지러울 지경이었다.

리잉타오는 들것 대원 '물렁발'과 함께 들것을 들고 이 길에 들어섰다. 서둘러 걷는 바람에 벌써부터 이마에는 땀이 흘렀고 두 볼은 발갛게 달아올랐다. 리잉타오는 휴양 중대 맨 뒤에서 걸으면서 힘들어 하는 들것 대원을 거들어 주곤 했다. 들것 대원들은 초지를 지난 뒤로

오랫동안 제대로 먹지 못한 데다가 일이 고되어 하나같이 비쩍 여위었고 몸져누운 사람도 많았다.

들것에 누운 사람은 러우산관에서 크게 다친 주빙이었다. 주빙은 허벅지까지 잘라 내는 바람에 내내 들것에 누워 지내야 했다. 하지만 그는 고생하는 들것 대원들을 빤히 보고만 있어야 하는 것이 더 고통스러웠다. 높고 가파른 산이나 질척한 길을 걸을 때면 들것 대원들은 무릎을 꿇고 걸어야 했고 넘어지고 다쳐서 피를 흘리는 일도 잦았다.

나무로 달아낸 길을 건너야 한다는 말을 듣자 주빙은 마음이 덜컥

내려앉았다. 베개에서 머리를 들고 보니 부상병들이 너도나도 들것에
서 내려 들것 대원들의 부축을 받으며 비틀비틀 걸어갔다.

"잉타오, 잠깐 세워 주세요. 나도 내리겠습니다."

"다른 사람은 몰라도 동지가 어떻게 내려서 걸을 수 있겠습니까?"

앞에서 혼수상태에 빠진 부상병을 메고 가던 두 들것 대원이 멈춰
섰다. 그러더니 혹시 무슨 일이라도 생길까 봐 그러는지 끈으로 들것
을 어깨에 동여매고는 무릎걸음으로 조금씩 기어서 앞으로 갔다.

"잉타오, 서세요!"

그는 이대로 있을 수 없어 또 한 번 소리쳤다. 하지만 리잉타오는

들은 척도 않았다.

"서지 않을 겁니까? 안 서면 여기서 당장 굴러떨어지겠습니다."

주빙은 단단히 화가 난 것 같았다. 리잉타오는 잠깐 멈춰서더니 타이르듯 말했다.

"정치위원 동지, 다른 사람이야 부축해 주면 걸을 수 있지만 동지는 그럴 수 없잖아요."

그러자 주빙이 발끈해서 대꾸했다.

"걸을 수는 없지만 길 수는 있습니다!"

리잉타오는 하는 수 없다는 듯 뒤따라오는 들것 대원에게 눈짓을 했다.

"물렁발 아저씨, 우리 수장 동지 말을 따릅시다."

들것 대원은 눈치를 채고 선뜻 대꾸했다.

"좋습니다. 그러지요 뭐."

두 사람은 들것을 오솔길에 내려놓았다. 주빙이 다른 전사들처럼 기어서 가려고 옷을 여미자 리잉타오가 막아섰다.

"잠깐만요. 우리가 이렇게 있는데 어떻게 수장 동지를 기어가게 할 수 있겠습니까."

그러고는 주빙의 두 손을 자기 등에 올려놓더니 재빨리 업는 것이었다. 주빙이 "이러지 말아요, 이러면 안 됩니다!" 하고 자꾸 소리치는 것도 못 들은 척하고는 성큼 걸음을 내딛었다.

"괜찮습니다. 수장 동지는 그렇게 무거운 편도 아닌걸요."

이렇게 말하며 조심스럽게 잔도에 들어섰다. 들것 대원은 들것을 들고 뒤를 바싹 따르며 소리쳤다.

"지도원 동지, 어떻습니까? 힘들지 않아요?"

리잉타오는 대답 없이 주빙을 업은 채 벼랑에 달린 길을 건넜다. 리잉타오가 가쁜 숨을 몰아쉬며 주빙을 내려놓았다.

"잉타오, 평생 동지를 잊지 못할 겁니다. 고맙습니다."

주빙이 옷소매로 눈물을 훔치며 말했다. 리잉타오는 땀을 닦으며 웃었다.

"어서 들것에나 오르세요."

주빙이 들것에 오르자 소대장이 달려와서 리잉타오 대신 들것을 멨다.

행군은 순조롭지 않았다. 얼마 가지 않아 느닷없이 공격을 받았기 때문이다. 티베트 병사들이 삼삼오오 떼를 지어 강 건너편 숲 속에 숨어서 총을 쏘아 댔다. 피할 곳이 없는 좁은 길에서는 그냥 달음박질쳐서 지나가는 방법밖에 없었다.

리잉타오는 들것을 들고는 달릴 수 없어서 권총을 뽑아 강 건너편

쪽으로 몇 방 쏘면서 엄호했다. 이날 다치고 죽은 사람이 백 명쯤 되었다. 이처럼 외진 곳에서 동지들을 이렇게 많이 잃게 되리라고는 정말 생각지도 못한 일이었다.

이튿날은 모야사奐牙寺 막아사를 지났다. 다행히 길에서 총을 쏘아 대는 티베트 병사는 만나지 않았다. 하지만 앞에서 새로운 문제가 생겼다는 보고가 들어왔다.

루다창의 부대가 라쯔커우臘子口 납자구라고 하는 험난한 산 어귀를 지키면서 민저우로 가는 길을 막고 있다는 것이었다. 선두에 서서 길을 뚫던 홍군 4연대가 어젯밤 온 힘을 다해 싸웠지만 길은 열리지 않았다.

마오쩌둥은 왜 공격이 실패했는지 물으면서 린뱌오와 녜룽전을 다그쳤다. 1군단 지휘부는 고민이 컸다. 녜룽전이 걱정스러운 얼굴로 말했다.

"아무래도 앞에 나가 봐야 할 것 같아요."

린뱌오가 고개를 끄덕였다. 두 사람은 이 싸움이 얼마나 중요한 싸움인지 잘 알고 있었다. 만약 이기지 못한다면 북쪽으로 나아갈 수 없을 뿐더러 다시 초지로 물러서야 했다.

라쯔커우에서는 총소리가 자지러지다가 뜸해졌다가 하면서 그치지 않았다. 총소리가 날 때마다 골짜기에는 긴 메아리가 울렸다. 험한 산길을 따라갈수록 골짜기는 좁아졌고 라쯔 강臘子河 납자하이라 부르는 강 양쪽으로 우중충한 원시림이 가득했다.

강폭은 사오 미터밖에 되지 않았지만 물소리가 어찌나 큰지 폭포가 떨어지는 소리 같았다. 바람까지 매섭게 불어 더더욱 음산한 기분이

들었다. 바람이 휙 불 때마다 산을 뒤덮은 누런 나뭇잎들이 우수수 떨어졌다.

군단 지휘부는 홍군 4연대 지휘부와 일이백 미터 떨어져 있었다. 4연대 연대장 왕카이샹과 정치위원 왕청우는 간부들과 대책을 의논했다. 다들 몸에 흙먼지를 뒤집어쓴 채 풀밭에 앉아 담배만 푹푹 피워대며 생각에 잠겨 있었다. 녜룽전과 린뱌오가 도착하자 모두 자리에서 일어났다. 녜룽전은 다들 앉으라며 손짓을 하고는 린뱌오와 함께 풀밭에 앉았다.

"상황이 어떻습니까?"

린뱌오가 사람들을 둘러보며 물었다. 왕카이샹은 난처한 얼굴로 정
치위원을 바라보았다. 예사롭지 않은 상황을 만나 아직 궁리가 서지
않았기 때문이다.

양청우가 공격이 실패한 원인을 간단하게 설명했다. 적이 좁은 목
표 지점을 정면에서 단단히 지키고 있고, 작은 다리를 철통같이 막고
있어서 부대가 가까이 갈 수 없다는 것이다. 공격 부대는 숱한 사상자
를 냈다.

"지형을 볼 수 있게 안내를 좀 해 주세요."

린뱌오가 고개를 들고 말했다.

"좋아요. 먼저 지형부터 봅시다."

녜룽전도 몸을 일으켰다.

양청우는 잠시 머뭇거렸다. 적들이 너무 가까이 있어 걱정스러웠다. 몇 시간 전, 한 사단 간부가 적이 쏜 총에 맞았던 것이다. 하지만수장들이 말을 꺼낸 마당에 마다할 수도 없었다. 양청우는 린뱌오와녜룽전을 데리고 산비탈을 따라 조심스럽게 걸어갔다. 호위병들이 뒤따르려고 하자 양청우가 손을 저었다. 그러자 호위병들은 망원경을꺼내 린뱌오와 녜룽전에게 건넸다.

"놔두세요. 바로 코앞이니 쓸모가 없을 겁니다."

양청우가 웃으며 물렀다. 얼마 가지 않아 일행은 걸음을 멈췄다. 린바오와 녜룽전은 숲 속에 몸을 숨겼다.

적 진지까지는 겨우 이백 미터도 되지 않았다. 산굽이 건너가 바로 적진이라 모든 것이 똑똑히 눈에 보였다.

두 사람은 생각보다 지형이 험한 것을 보고는 적잖게 놀랐다. 바로 앞은 마치 거대한 도끼로 쪼개 놓은 것 같은 산봉우리 두 개가 나란히 버티고 서 있었다. 나팔처럼 생긴 자그마한 골짜기 양쪽은 모두 아스라하게 높은 절벽이었다. 라쯔 강은 그 골짜기를 휘감으며 쏟아져 나왔다. 골짜기에서 몇 미터쯤 떨어진 곳에 작은 다리가 놓여 있었다.

다리 오른쪽은 높다란 벼랑이고 그 위로 큰 사격 진지가 산 어귀를 지키고 있었다. 다리로 돌격하는 것은 바로 적의 총구멍으로 달려드는 것이나 다름없었다.

그 사격 진지 뒤로 산비탈이 있고 산비탈에는 사격 진지가 또 하나 있었다. 그 뒤는 산봉우리에 막혀 보이지 않았다.

양청우가 나팔 모양 골짜기에 있는 사격 진지를 가리키며 말했다.

"저 사격 진지에 중기관총 여러 정이 있습니다."

린뱌오가 짙은 눈썹을 찡그리며 물었다.

"동지는 어쩔 생각입니까?"

"정면 공격으로는 안 될 것 같습니다. 오른쪽으로 올라가 앞뒤로 협공하는 게 좋겠습니다."

양청우는 사격 진지를 가리켰다.

"수장 동지, 보셨는지 모르겠지만 저기에는 지붕이 없습니다."

린뱌오와 녜룽전이 눈을 가늘게 뜨고 자세히 보았다. 과연 금방 만든 듯한 그 사격 진지는 위가 훤히 뚫려 있었다.

"산 뒤쪽으로 올라가서 위에서 사격 진지에 수류탄을 던지면 꼼짝도 못 할 겁니다."

양청우가 웃으면서 말했다.

"좋습니다. 그 방법이 괜찮겠군요."

녜룽전도 빙그레 웃으며 고개를 끄덕였다.

"하지만 동지들이 저 산꼭대기로 올라갈 수 있겠습니까?"

린뱌오가 싹둑 깎아지른 듯한 벼랑을 가리키며 눈썹을 찡그렸다. 녜룽전도 골짜기 오른쪽에 떡 버티고 선 벼랑을 눈여겨보았다. 높이가 칠팔십 미터는 돼 보였는데 거의 직각으로 서 있었다. 중턱에는 턱이 심하게 패여 있고, 거기에 등나무와 칡넝쿨, 꼬불꼬불한 늙은 소나무가 자라고 있었다.

녜룽전도 그 벼랑을 올라갈 수 있을지 의심스러웠다.

"지금 사람들한테 방법을 생각해 보라고 말해 놓았습니다."

양청우가 말했다.

린뱌오가 뭐라고 대꾸하려는데 뚜르륵 하는 소리와 함께 총알이 머리 위를 스쳤다. 나뭇잎이 우수수 떨어졌다. 하지만 녜룽전은 고개를 쳐들고 흘깃 보더니 대수로이 여기지 않았다. 린뱌오도 마찬가지였다. 양청우가 두 사람을 당기며 말했다.

"아무래도 아래에 내려가서 이야기하는 게 좋겠습니다."

세 사람은 천천히 산비탈을 내려왔다.

"동지가 내놓은 계획대로 칩시다."

린뱌오가 말했다.

"적어도 내일 새벽 전에는 공격해야 합니다."

"준비를 충분히 하세요."

녜룽전이 양청우에게 일렀다.

"여기서 못 이긴다면 우리 1·3군단과 중앙은 초지로 돌아가야 합

니다."

　그러고는 뒤쪽을 가리키며 말했다.

　"마오 주석 동지가 바로 뒤에서 우릴 지켜보고 있어요."

　"알겠습니다. 꼭 해내겠습니다."

　양청우는 마음을 다잡으며 눈을 반짝였다. 린뱌오와 녜룽전은 라쯔 강을 따라 군단 지휘부로 돌아갔다.

　양청우는 다시 간부들과 둘러앉아서 어떻게 하면 벼랑에 올라갈 수 있을지 머리를 맞댔다. 이런저런 방법이 나왔지만 모두 신통치 않았다. 다들 속을 태우고 있는데 얼마 전 새로 편입된 중대의 지도원이 흥분해서 달려왔다. 바로 양미구이였다. 그는 양청우에게 경례를 척 붙이고는 들뜬 목소리로 말했다.

"보고드립니다. 정치위원 동지. 우리 중대에 올라갈 수 있다고 나선 동지가 있습니다."

그 말에 양청우의 얼굴이 밝아졌다.

"그래요? 어디 있습니까?"

"아래에서 기다리고 있습니다."

"어서 올라오라고 하세요."

양미구이가 산 아래로 내려가더니 열예닐곱 살쯤 되는 소년을 데리고 왔다. 자그마한 키에 비쩍 마른 소년이었다. 감실감실한 얼굴로 두 눈을 반짝이는 모양이 들판에서 자란 아이처럼 날래 보였다.

"리샤오허우라는 전사인데 먀오 족이고 쭌이에서 두톄추이 동지랑 같이 입대했습니다."

양청우가 리샤오허우를 훑어보면서 물었다.

"정말 올라갈 수 있겠습니까?"

"올라갈 수 있습니다."

리샤오허우는 별일 아니라는 듯 자신 있게 대답했다.

양청우는 참모를 불러 리샤오허우를 노새에 태워 강 건너로 보낸 다음 벼랑을 오를 수 있나 알아보라고 시켰다. 그가 혼자라도 올라가서 산꼭대기에 밧줄을 맬 수만 있다면 희망이 보였다.

서산에 걸린 해가 산꼭대기를 빨갛게 물들이며 지고 있었다. 간부

들은 저마다 잘 보이는 곳에 서서 걱정 반 기대 반으로 지켜보았다.

리샤오허우는 노새를 타고 슬슬 강을 건너 산 밑에 이르렀다. 그는 벼랑을 한 번 살피더니 서두르지 않고 가지고 간 대나무 장대를 벼랑에 있는 나무뿌리에 걸었다. 대나무 장대 끝에는 쇠갈고리가 단단히 매여 있었다.

리샤오허우는 대나무 장대를 두어 번 당겨 보더니만 두 손으로 번갈아 대나무를 쥐면서 날랜 원숭이처럼 맨발로 벼랑을 기어오르기 시작했다. 올라가다가 벼랑에 틈새가 있으면 두 발을 올려놓고 숨을 돌렸다. 그리고 다시 대나무 장대를 벼랑에 걸고 올라갔다. 그는 거미가

벽을 타듯 날렵하게 벼랑을 탔다.

사람들은 리샤오허우가 떨어지기라도 할까 봐 숨을 죽였다. 양청우
와 왕카이샹은 모두 눈이 휘둥그레져서 멍청히 보고만 있었다.

리샤오허우는 아주 태연했다. 이따금 자그마한 돌덩이와 삭은 나뭇
가지, 나뭇잎이 부스스 떨어져도 아랑곳하지 않았다.

마침내 벼랑 꼭대기에서 저녁놀 속으로 거무스름한 형체가 어른거
렸다. 그는 한 손에 대나무 장대를 들고 다른 한 손을 사람들에게 흔

들어 보였다. 그러더니 뒤돌아 벼랑 아래로 내려왔다.

사람들이 우르르 달려가 리샤오허우의 어깨를 두드리며 얼싸안았다.

"아니, 어디서 이런 재주를 배웠습니까?"

양청우는 작전이 성공하기라도 한 것처럼 기뻐했다.

"어려서부터 약초 캐고 땔나무 하느라 이런 산을 늘 올라 다녔습니다."

　그는 쑥스러운지 얼굴을 붉혔다. 왕카이샹은 연대 전사들에게 각반을 몽땅 모아 밧줄을 굵게 꼬라고 했다. 리샤오허우에게 들려 산꼭대기에 올라가게 할 참이었다. 왕카이샹이 양청우에게 말했다.

　"양 동지, 지난번 루딩 교에서는 동지가 앞장섰지만 이번에는 내 차렙니다."

　양청우가 웃으면서 대답했다.

"좋습니다. 그럼 내가 정면을 맡지."

공격 준비가 시작되었다. 연대장 왕카이샹이 우회 부대를 거느리고 어둠을 틈타 건너편 벼랑 아래에 가서 리샤오허우가 내려보내는 밧줄을 타고 산에 오르기로 했다. 정면 공격은 2대대 6중대가 맡기로 했다. 그날 밤, 용맹한 전사 스무 명으로 구성된 돌격대가 중대장 양신이楊信義 양신의와 지도원 후빙윈胡炳雲 호병운의 지휘 아래 정면 공격을 준비했다.

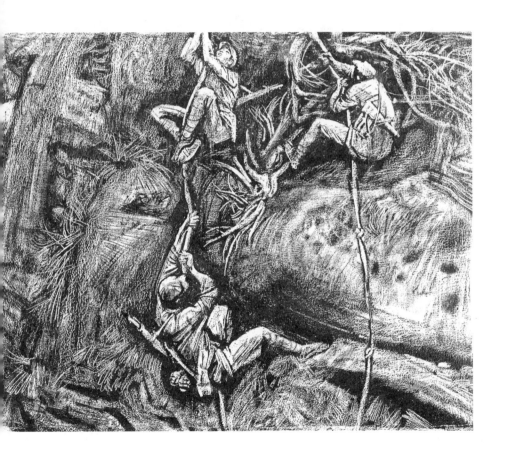

밤이 되자 먼저 정면 공격을 시작했다. 화력의 엄호를 받으며 다리 쪽을 거듭 공격했지만 방어가 철통 같아서 실패하고 말았다. 새벽 세 시가 되도록 산 뒤쪽으로 올라간 부대에서는 신호가 없었다. 양청우는 속이 타 들어가는 것 같았다. 날이 샐 무렵에야 빨간 신호탄과 녹색 신호탄이 하늘에 솟아올랐다. 우회 부대가 드디어 목표 지점에 닿은 것이다.

왕카이샹이 이끄는 우회 부대는 산 뒤쪽 꼭대기에서 아래 사격 진지를 공격했다.

덮개가 없는 사격 진지에 총을 쏘며 수류탄을 퍼부었다. 적진은 순식간에 아수라장이 되었다. 이어 총공격이 시작되었다. 아침 노을이 하늘을 물들일 때쯤 홍군은 길목에 버티고 서 있던 사격 진지를 없앨 수 있었다.

마침내 길이 열렸다. 부대는 라쯔커우를 지나 계속 북쪽으로 북쪽으로 나아갔다. 사람들은 좁디 좁은 다리와 네모난 사격 진지 아래를 지나면서 걸음을 멈추고 한참 주위를 둘러보았다.

온통 핏자국으로 얼룩진 땅 위에 수류탄 자루가 무더기로 쌓여 있

었다. 둘레가 온통 시커멓게 탄 것을 보면 전투가 가장 치열할 때 수류탄을 묶음째 던진 것이 분명했다. 사람들은 그렇게 천연 요새 라쯔커우를 힘차게 걸어갔다.

마오쩌둥도 이곳에서 걸음을 멈췄다. 그는 험난한 지형과 처절하게 싸운 흔적을 둘러보다가 물었다.

"우리 전사들이 정말 저 벼랑을 올라갔단 말입니까?"

"그렇습니다."

뒤따라오던 참모 왕주가 대답했다.

"맨처음 올라간 전사는 먀오 족 소년이라던데?"

"그렇습니다. 수장 동지도 아시는 아이입니다."

"내가 안다고?"

마오쩌둥 놀란듯이 되물었다.

"리샤오허우라고 쭌이에 있을 때 주석 동지를 찾아온 적이 있습니다."

왕주가 일깨워 주었다.

"그렇습니다."

호위병 선이 말했다.

"두톄추이 동지와 함께 왔지요."

"아, 얼굴이 새까만 그 꼬마 말인가?"

마오쩌둥은 알겠다는 듯이 고개를 끄덕였다.

"네. 바로 그 아이입니다."

마오쩌둥은 다시 고개를 들고 깎아 세운 듯 험준한 벼랑을 아래위로 죽 훑어보며 혀를 내둘렀다.

"정말 상상이 안 되는군!"

그러더니 불쑥 물었다.

"그 두톄추이는? 내가 설산을 지날 때 봤는데."

"초지에서 희생되었다고 들었습니다."

마오쩌둥이 숨을 깊게 내쉬더니 먼 곳으로 눈길을 던졌다.

"그랬군. 이름 없이 희생된 전사들이야 말로 우리의 영웅이지요. 그들이 아니라면 우리가 어찌 이렇게 많은 고비를 넘어 여기까지 올 수 있었겠습니까."

마오쩌둥 일행은 핏자국으로 얼룩지고 시커멓게 그을린 땅을 밟으며 라쯔커우로 들어갔다.

북쪽으로 전진하는 홍군이 라쯔커우에서 한창 치열하게 싸우고 있

을 때 바오줘와 반유 지역에 머물러 있던 우로군은 장궈타오의 명령대로 머리를 남으로 돌려 다시 초지에 들어섰다. 벌써 9월이라 지난번에 초지를 건널 때하고는 상황이 완전히 달랐다. 낮에도 서풍이 뼈를 에이는 듯했고 은백색 태양은 따뜻한 기운이라고는 전혀 없었다. 한데 전사들은 모두들 홑옷 바람이었다.

어디가나 눈에 보이는 건 누렇게 마른 풀뿐이었다. 지난번 초지를 건널 때 노숙했던 흔적이 그대로 남아 있어 더 견디기 힘들었다. 곳곳에 얼어 죽거나 굶어 죽은 사람들의 시체가 그대로 남아 있었다. 하지만 시체를 묻을 힘도 없었다. 그러니 지난번보다 잠자리를 마련하기가 곱절로 힘들었다.

또 두 방면군이 왜 헤어진 것인지, 북진을 한다더니 왜 갑자기 남하를 하는지, 이런저런 풀리지 않는 궁금증이 사람들 마음속에 남아 부대 분위기는 뒤숭숭했다.

가장 어려운 문제는 먹을 것이 모자라는 것이었다. 지난번 초지를 지날 때 풀과 나물을 싹 캐 먹어 버려서 이제는 더 찾기도 힘들었다. 막막한 처지에 몰려 하나 둘 쓰러져 갔다. 그들은 영원히 쓸쓸한 초지에 남았다.

한편 장궈타오가 몸소 거느린 좌로군은 아바에서 다진 강 유역에 있는 마탕馬塘 마당, 쏭강, 당바薫壩 당패 일대로 이동했다. 그달 말, 그들은 천창하오와 쉬샹첸이 이끄는 우로군 일부와 쏭강 지역에서 합류

했다.

총사령부는 쮀무댜오라고 부르는 티베트 마을에 들어섰다. 여기서 중요한 회의가 열렸다.

마을은 산꼭대기와 가까운 벼랑 위에 자리 잡고 있었는데 집 수십 채가 여기저기 널려 있었다. 다진 강은 산굽이를 에돌아 흘렀고, 마을 왼쪽에 있는 산골짜기는 다진 강으로 흘러들었다. 이 마을에서 가장 눈에 띄는 것은 육각형 사격 진지였다. 그 사격 진지는 독특하게도 아래가 넓고 위가 좁았는데 높이가 오륙십 미터나 되었다. 멀리서 보면 높다란 굴뚝 같았다. 사격 진지에서 좀 떨어진 곳에 큰 라마교 사원이 있었다. 이날 라마교 사원 밖에는 붉은 깃발이 가득 꽂혀 펄럭이고 보

초병들이 잔뜩 늘어서 있어서 여느 때와 달리 들뜨고 긴장된 분위기가
감돌았다.

　하지만 건물 안에 들어서면 어둡고 무거운 분위기가 사람을 짓눌렀
다. 제물을 놓는 긴 탁자 위에 기름등잔을 몇 개 켜 놓았을 뿐이라 집
안은 몹시 어두웠다.

　탁자 앞 부들방석에는 고위 간부 오륙십 명이 앉아 있었다. 웃고 떠
들며 즐겁게 이야기를 나누는 소리는 들리지 않았다. 설산과 초지를
지나며 몇 달 동안 고생을 한 탓에 형편없이 마른 사람들이 아래에 말
없이 앉아 있었다. 하지만 탁자 뒤에 높이 앉아 있는 장궈타오는 흰
얼굴에 살이 더 올라 보기 좋았다. 장궈타오의 비서 황차오도 생기가

넘쳤다.

마침내 회의가 열렸다. 장궈타오가 마른기침을 두어 번 하더니 느릿느릿 연설을 시작했다. 그는 자못 엄숙한 얼굴로 단정하게 서 있었지만 마음은 퍽 복잡해 보였다.

장궈타오는 중앙 소비에트 구역에서 벌어진 반 포위 토벌에 대한 이야기부터 시작했다.

중앙이 5차 포위 토벌을 짓부수지 못하고 전략적 후퇴를 하게 된 것은 군사 노선 문제일 뿐만 아니라 정치 노선 문제라고 하면서 1 · 4방면군이 만난 뒤에야 이런 후퇴를 멈출 수 있었다고 지적했다. 그리고

중앙은 자신의 잘못을 인정하지 않고 되레 4방면군을 탓하고 있다면
서 목청을 높였다.

"남하가 도망입니까? 아닙니다. 남하야말로 전략적인 후퇴에 종지
부를 찍고 반격을 하는 것이며 참된 볼셰비키의 공격 노선입니다. 하
지만 중앙의 지도자들은 적의 비행기, 대포에 겁을 집어먹고 혁명에
대해 철저히 자신감을 잃었습니다. 그들이 말하는 북진 방침이야말로
분명한 우경 도망주의 노선입니다. 게다가 중앙은 1·3군단을 이끌
고 몰래 도망쳤습니다. 이것은 우리 홍군을 둘로 갈라놓는 일입니다."

그러더니 장궈타오는 손을 홱 저으며 연설가다운 자세로 웅변하듯 말했다.

"동지들한테 솔직하게 말하고 싶습니다. 중앙의 지도자라는 사람들은 본디 혁명가가 아니라 허풍쟁이들이고 꽉 막힌 '좌경' 공상주의자들입니다. 그 사람들은 농구를 할 수 있고, 잘 먹을 수 있고, 첩보를 들을 수 있고, 궐련을 피울 수 있고, 시중드는 사람이 있기 때문에 혁

명을 하는 것입니다. 그 사람들은 늘 혁명이 어려운 일에 부닥치면 비관하고 도망가는데 이것은 이상한 일이 아닙니다. 이 점을 동지들도 잘 알고 있으리라 생각합니다."

회의장은 찬물을 끼얹은 듯 조용했다. 고위 간부들은 저마다 눈이 휘둥그레져서 사원에 놓인 신상처럼 우두커니 앉아 있었다.

"동지들!"

장궈타오가 사람들을 휘둘러보면서 귀가 멍멍할 정도로 소리쳤다.

"누구나 다 알고 있듯이 세계 공산주의 운동 역사에 칼 카우츠키Karl kautsky 라는 이름난 인물이 있습니다. 그는 제이 인터내셔널 지도자 가운데 하나로 동지들의 믿음과 기대를 한몸에 받던 사람이지만 아쉽게

도 변절하고 말았습니다. 카우츠키와 그가 이끄는 제이 인터내셔널은 노동자 계급을 배반했습니다. 그럴 때는 어떻게 해야 하겠습니까? 혁명을 포기해야 합니까? 아닙니다. 몇 안 되는 사람들이 등을 돌렸다고 혁명을 멈출 수는 없습니다. 제이 인터내셔널이 무너졌을 때 위대한 레닌 동지가 제삼 인터내셔널 즉, 코민테른을 세우고 혁명의 깃발을 다시 높이 쳐들었습니다. 그 뒤 국제 공산주의 운동은 활기를 되찾았고, 공산주의 혁명을 위해 싸우는 깃발이 온 세계에 펄펄 휘날리게 되었습니다."

어느새 그는 두 볼이 벌겋게 달아올랐다.

"우리는 이런 역사의 교훈을 잊어서는 안 됩니다. 중앙은 이미 권위가 땅에 떨어졌고 당을 이끌 만한 자격을 잃었습니다. 그렇다면 이제 우리는 어떻게 해야 하겠습니까? 그건 동지들이 더 잘 알고 있으리라 생각합니다. 우리는 정의를 위해 머뭇거리지 말아야 합니다. 레닌이 제이 인터내셔널에서 갈라져 나와 코민테른을 세운 것을 본받아 새로운 '임시 중앙 정부'를 꾸려야 합니다."

'임시 중앙 정부'를 세워야 한다는 말이 떨어지자 가라앉아 있던 분위기가 갑자기 팽팽해졌다.

군단급 간부 몇은 카우츠키가 누군지도 잘 몰라서, 그 카우츠키가 중앙의 지도자들과 무슨 관계가 있는지 아리송했다. 하지만 '임시 중앙 정부'가 뭔지는 잘 알고 있었다. 느닷없는 이야기에 어리둥절해서 사방을 둘러보는 사람이 있는가 하면 고개를 숙인 채 입을 꾹 다물고 있는 사람도 보였다. 탁자 위에 놓인 등불만이 술렁이는 방 안 공기를 따라 흐느적거렸다.

분위기가 이렇게 썰렁해지자 장궈타오는 깜짝 놀랐다. 몇 날을 공들여 준비한 연설이었다. 자신을 레닌에 견주면서 사람들을 흥분시킬 생각에 기대가 컸다. 그런데 호응하는 사람이 하나도 없었다. 그는 자세를 고쳐 앉으며 사람들의 낯빛을 살폈다. 황차오도 초조한지 끊임없이 장궈타오와 눈길을 맞추었다.

"발언하실 분 없습니까?"

장궈타오는 애써 웃으며 아래를 휘둘러보았다. 하지만 아무도 말이

없었다.

"누구든 먼저 말씀하시죠."

그래도 나서지 않았다.

"우리 당과 홍군의 운명을 뒤흔드는 큰일을 두고도 할 이야기가 없단 말입니까?"

장궈타오는 천창하오를 보자 더 화가 치밀었다. 그는 고개를 푹 숙이고 앉아 있었다. 사람들은 장궈타오의 눈길이 자기한테 닿을라치면 하나같이 고개부터 숙였다. 쉬샹첸은 회의를 시작할 때부터 입을 다물고 있더니 급기야 눈을 지그시 감고 졸았다.

'정작 힘을 써야 할 때 이래서야 어디……'

회의장이 숨 막힐 듯 답답한 공기로 가득 찼다. 그때 장궈타오는 어망간에 궁둥이를 들썩이며 쭈뼛거리는 사람을 발견했다.

"아, 저 군단장 동지 먼저 말해 보십시오."

그는 덩치가 우람하고 큼직큼직하게 생겼는데 싸움은 잘하지만 정치는 잘 모르는 사람이었다. 장시를 출발할 때부터 내내 후방을 책임지느라 고생을 많이 해서 불평이 많았다. 그는 장 주석이 이름을 부르며 발언을 하라고 하자 어깨를 으쓱이며 일어났다.

그는 장시를 출발해서 1·4방면군이 합류할 때까지 중앙을 지키느라 겪은 힘든 일과 가슴에 서린 울분을 몽땅 털어놓았다. 어느 지도자든 가리지 않고 불만을 뱉어 내면서 앞뒤 없이 말했다. 그가 실례를 들어 생생하게 말하는 통에 사람들은 이따금 웃음을 터뜨렸다. 별 내용은 없었지만 침침한 분위기가 조금 걷혔다. 장궈타오는 잔뜩 들떠서 맞장구를 쳤다.

"잘 말했습니다. 이건 실제 상황이지요. 중앙 지도자들이 이런 식이
니 어찌 진심으로 따를 수 있겠습니까!"

하지만 회의장은 다시 길고 깊은 침묵에 빠졌다. 장궈타오는 눈을
크게 뜨고 이야기할 사람을 찾았다. 만약 한두 사람, 설사 한 사람만
이라도 자기의 뜻에 힘을 싣는 발언을 해 준다면 그대로 밀어붙여 분
위기를 몰아갈 생각이었다. 하지만 회의장은 쥐 죽은 듯 조용하기만
했다.

장궈타오는 마음이 바빠졌다. 그는 하는 수 없이 불편하고 부담스
러운 상대 주더에게 눈길을 돌렸다. 주더는 쇳덩어리처럼 엄숙하고

위엄 있게 앉아 있었다. 그동안 비바람에 부대끼고 햇볕에 그을려 얼굴은 까무잡잡했고 몹시 여윈 모습이었다. 오직 두 눈만 모든 것을 꿰뚫을 수 있다는 듯 부리부리하게 무서운 빛을 뿜었다.

"주 총사령관 동지가 말씀해 보시죠."

주더는 곧바로 입을 열지는 않았다.

스무날 전에 그는 벌써 집중 공격을 받은 적이 있었다. 중앙이 1·3 군단을 거느리고 북진한 뒤 장궈타오가 아바에서 '쓰촨·시캉 성 성위원회 확대회의'를 소집했다. 장궈타오가 회의에서 '우경 기회주의자'들을 거리낌 없이 공격하자 몇몇 사람들이 분위기에 휩쓸려 주더를 보고 생각을 밝히라고 소리쳤다. 주더는 부드러우면서도 태연하게 말했다.

"동지들, 북진 방침은 중앙에서 정했고 저는 손을 들어 찬성한 사람입니다. 그러니 지금 와서 어찌 반대할 수 있겠습니까. 저는 북쪽으로 나아가 일본군과 싸우려는 당 중앙의 결정을 단호히 지지한다고 거듭 밝히겠습니다."

류보청도 중앙의 북진을 지지한다고 나섰다.

"남하한다면 우리는 반드시 실패할 겁니다. 잘 싸운다면 한동안이야 배겨 낼 수 있겠지만 결국은 돌아오겠지요."

그러자 회의장 분위기는 대뜸 달아올랐다.

"동지가 북진 방침을 지지한다면 지금 떠나세요. 당장 떠나란 말입니다!"

누군가 주더에게 소리쳤다.

주더는 웃는 낯으로 느긋하게 대꾸했다.

"저는 북진 방침을 찬성합니다만 동지들이 기어코 남하하겠다면 저도 동지들을 따라 남하할 수밖에 없지요."

그러자 누군가 또 외쳤다.

"북진을 찬성한다면서 우리랑 같이 남쪽으로 가겠다니 당신이야말로 두 얼굴에 양다리 아닙니까? 도대체 북진할 겁니까? 남하할 겁니까?"

"그럴 것 뭐 있습니까. 그냥 총사령관 자리를 내놓으세요!"

류보청은 화살이 총사령관에게로 쏟아지자 큰 소리로 말했다.

"지금 우리는 회의를 하고 있는 것 아닙니까? 사건을 심리하는 것도 아닌데 어찌 주 총사령관한테 이럴 수 있단 말입니까!"

화살은 대뜸 류보청 쪽으로 방향을 틀었다. 사람들은 왝왝 소리를 질러 댔다. 회의는 '북상은 도망주의이고 남하는 공격 노선'이라는 결의를 채택하고 끝이 났다.

"주 총사령관 동지가 먼저 말씀해 보십시오."

장궈타오가 또 다그쳤다. 이런저런 고위 간부들이 먼저 나서 분위기가 기울면 주더와 류보청을 압박하려고 했지만 누구 하나 먼저 이야기하려는 사람이 없으니 하는 수 없었다.

장궈타오가 거듭 재촉하자 주더는 몸을 일으켰다. 사람들의 눈길이 주더에게 쏠렸다.

잠시 주더의 우묵한 눈에서 불꽃이 튀었다. 하지만 그는 잠깐 말없이 서서 노기를 누르더니 너그러운 말투로 입을 열었다.

"동지들, 저더러 말을 하라고 하니 몇 마디 하겠습니다. 지금 큰 적을 앞에 두고 있는 우리에게 무엇보다 중요한 것은 단결입니다. 우리는 노농 홍군으로서 모두 중국 공산당이 이끄는 군대입니다. 모든 홍군은 한집안이지요. 그러니 어떤 일이 있든 안에서 잘 해결해야 합니다. 여러분들은 냉정하고 또 냉정해야 합니다. 절대 장제스한테 티격태격하는 모습을 보여 줘서는 안 됩니다."

토박이 맛이 짙은 그의 쓰촨 사투리는 침통하게 들렸다. 진솔하고 간결한 연설은 그 자리에 모인 공산주의자들의 마음을 울렸다.

판단이 빠른 류보청은 주더가 말을 끝내자마자 한바탕 연설을 했

다. 혁명 형세가 아직 상당히 어렵다는 것을 강조하면서 쪼개지지 말고 뭉쳐야 한다는 뜻을 분명히 밝혔다. 류보청의 연설은 주더의 연설에 더욱 힘을 실었다.

장궈타오는 얼굴이 붉으락푸르락하다가 억지로 성질을 눌렀다. 그는 입가에 부자연스러운 웃음을 매달고 말했다.

"단결, 물론 단결을 해야 합니다. 단결은 무산 계급의 무기가 아닙니까! 하지만 어떤 노선이 옳고 그른지를 가리지 않고 뭉칠 수는 없습니다. 우리는 절대 기회주의자들과 단결할 수 없습니다."

이렇게 말하며 장궈타오는 주더를 힐끔 보았다.

"마오쩌둥, 저우언라이, 장원톈, 보구, 특히 마오쩌둥 같은 기회주의자하고는 모든 관계를 끊어야 합니다."

그러자 주더가 굳은 얼굴로 반박했다.

"홍군을 만든 뒤로 '주더와 마오쩌둥'을 모르는 사람은 없습니다. 중국 전역 아니 전 세계가 다 알지요. 이 주더를 보고 마오쩌둥을 반대하라고 하다니 어림도 없는 일입니다."

그는 또 손바닥을 쭉 펴고 위에서 아래로 내리치면서 단호하게 말했다.

"나를 두 쪽으로 쪼갠다고 해도 나와 마오쩌둥 사이를 갈라놓지는 못할 겁니다."

주더의 말은 천둥처럼 사람들의 마음을 쩌렁쩌렁 울렸다. 오늘 사람들은 하늘을 이고 서서 세상을 호령하는 거인, 주더를 새롭게 알게 되었다.

장궈타오는 눈을 가늘게 뜨고 상황을 가늠해 보았다. 만약 발언을 더 하라고 하다가는 회의장이 엉망이 될 것 같았다.

작은 일에 참지 않았다가 큰일을 망치는 격이 될지도 몰랐다. 지금 무엇보다 중요한 일은 임시 중앙 정부를 세우는 것이었다. 장궈타오는 한껏 부드러운 얼굴로 임시 중앙 정부의 명단을 발표했다.

임시 중앙 정부의 총서기와 중앙 혁명 군사 위원회 주석은 물론 자신이 맡았다. 이밖에 그리고 마오쩌둥, 저우언라이, 장원톈, 보구 이 네 사람을 당적에서 제명한 다음 수배 명령을 내렸고, 양상쿤과 예젠잉은 임시 중앙이 너그럽다는 것을 보여 주기 위해 직위를 박탈한 뒤 조사하기로 결정했다.

회의에서는 장궈타오의 의지대로 결의안을 만들어 토론도 없이 후다닥 통과시켰다.

회의가 끝나고, 홍군 1방면군에 속한 5·9군단과 홍군 4방면군은

임시 중앙 최고 책임자 장궈타오의 명령에 따라 남하하기 시작했다. 무시무시한 협곡과 격류와 구름을 지고 아스라하게 솟은 설산이 이들 앞에 버티고 서 있었다.

갖은 고생을 하면서 한 걸음 한 걸음 어렵게 지나온 그 길을 이제 다시 더 힘들게 걸어야 했다. 한 개인의 의지와 야망 때문에 수만에 이르는 전사들이 또다시 헐벗고 굶주려야만 했다.

하지만 이 모든 것은 혁명이라는 이름으로 이루어졌다. 전사들의 사기는 떨어질 대로 떨어졌다. 쭤무댜오 회의를 하기 전에는 무엇 때

문에 1방면군과 헤어졌는지, 왜 북진을 한다더니 남하를 하는지 의심
스럽게 여기는 정도였지만 지금은 새로운 궁금증이 늘어났다.

　'장 주석이 이렇게 하는 게 옳은 일인가?'

　'이것이 우리 당 규약에 맞는 일인가?'

　'적과 싸우는 데 유리한 일인가?'

　이런 상황은 장궈타오가 짐작했던 것하고는 크게 달랐다. 장궈타오
를 무조건 믿고 따르던 사람들이 하나 둘 그를 의심하기 시작했다.

　장궈타오는 자기 이름에 먹칠을 한 사람이 바로 자기 자신이라는

것을 몰랐다. 보위부원들이 몰래 감시를 하고 몇몇 대세를 모르는 사
람들이 고자질을 하기도 했지만 수군거리는 목소리는 갈수록 높아졌
다. 이런 수군거림은 차분한 가랑비처럼 시작됐지만 점차 장궈타오의
자리를 위협하는 거센 파도로 변해 갔다.

하지만 역사가 평가하지 않은 이상 모든 것은 흐리멍덩한 상태로
머물 수밖에 없었다. 홍군 전사들의 앞길은 멍비 산과 자신 산의 눈보
라 속처럼 흐릿하기만 했다.

라쯔커우가 열리자 부대는 좁은 골짜기를 따라 구불구불 전진했다.

중앙 홍군은 이제 간쑤로 들어가려면 맨 마지막으로 넘어야 할 민 산 岷山 민산을 앞두고 있었다. 민 산은 오르막길 이십 리, 내리막길 삼십 리에 이르는 높은 산이었다. 비행기가 끊임없이 와서 소란을 피웠다. 하지만 사람들은 앞서 간 부대가 하다푸 哈達鋪 합달포를 점령했다는 소식을 듣고 사기가 올라 힘든 줄도 몰랐다.

마오쩌둥은 낡은 외투를 걸친 채 말에 올라 대오를 따라 천천히 걸었다. 골짜기는 점차 넓어졌고 들판은 누렇게 익어 이제는 벨 때가 다 된 곡식들로 가득했다. 산비탈에는 양 떼가 보였고 멀지 않은 길가에

서는 양치기들이 소를 타고 장난을 치고 있었다. 멀리 마을에 있는 농가에서는 밥 짓는 연기가 피어올랐다. 눈에 익은 풍경을 보니 이제야 한족들이 사는 지역에 들어선 것 같았다. 날씨도 많이 서늘해져서 길가에 있는 버드나무 잎이 누렇게 시들기 시작했다.

마오쩌둥은 개운한 마음으로 시를 읊조렸다. 앞서거니 뒤서거니 가던 호위병들도 즐겁게 웃으며 밭에서 돌아오는 농사꾼들을 바라보았다. 때마침 조밭에서 한 농사꾼 내외가 걸어 나왔다. 반가운 마음에 홍군 전사들은 부러 말을 붙였다.

"형님, 저기 앞에 보이는 마을은 이름이 뭡니까?"

"다차오탄大草灘 대초탄이라고 하지요."

그 농민이 순하게 웃으며 대꾸했다.

"하다푸는 여기서 멉니까?"

"이십오 리쯤 더 가면 이를 겁니다."

"야, 금방이겠네."

"코앞이군요."

사람들이 너도나도 흥분해서 말했다.

"아주머니, 우리가 이 다차오탄에 오니 좋습니까?"

누군가 장난기가 이나 보았다.

"그러믄요. 좋지요."

"뭐가 좋으십니까?"

"그놈의 루다창네 군대를 쫓아 보냈잖아요. 그놈들은 아주 나쁜 놈들이라니까."

홍군 전사들은 와그르르 웃음을 터뜨렸다. 오랫동안 인민들과 떨어져 살며 느끼던 외로움이 순식간에 녹아내렸다. 마오쩌둥도 말 위에서 따라 웃었다. 호위병 선이 큰 버드나무가 몇 그루 서 있는 길가 비탈 아래에 널찍한 빈터를 가리키며 말했다.

"마오 주석 동지, 저기서 쉬었다 가시죠."

"좋아요. 그러지."

마오쩌둥은 말에서 내려서며 보구와 장원톈 그리고 들것에 누워 있는 왕자샹을 돌아보았다.

"하다푸에 다 와 가는데 여기서 좀 쉽시다."

보구와 뤄푸는 고개를 끄덕이더니 말에서 내렸다. 왕자샹도 들것에서 내려 나무 아래로 갔다. 그들은 비옷과 외투를 깔고 자리에 앉았다. 호위병들은 바쁘게 물통을 꺼내고 밥통을 열어 놓았다. 밥통에는 어제에서 가지고 온 볶은 보리쌀이 들어 있었다. 사람들이 막 음식을 들려는데 호위병이 소리쳤다.

　"저기 좀 보세요. 저우 부주석 동지가 옵니다."

　사람들이 고개를 들고 바라보니 저우언라이가 지팡이를 짚고 천천히 큰길을 따라 걸어오고 있었다. 아직도 걸음걸이가 썩 편해 보이지는 않았다. 호위병 싱궈와 들것이 뒤를 따랐다.

　"언라이, 이리 와요."

　마오쩌둥이 손을 흔들었다.

　"이리 와서 숨 좀 돌리십시오."

　보구와 장원톈, 왕자샹도 소리쳤다.

　저우언라이는 걸음을 멈추더니 이쪽을 바라보고는 웃으며 걸어왔다. 여전히 초췌한 얼굴에 병색이 푹 배어 있었다.

　"어서 앉지."

　마오쩌둥이 곁에 깔린 외투를 툭툭 쳤다.

　"걸을 만합니까?"

　"괜찮을 것 같아서 한번 걸어 본 겁니다."

　저우언라이가 웃으면서 말했다.

　"줄창 들것에만 누워 있다간 진짜 폐인이 될 것 같아서요."

　이렇게 말하며 외투에 위에 앉았다.

　"저우 부주석 동지는 진작부터 내려서 걸으셨어요."

　　싱궈가 말했다. 마오쩌둥은 얼굴을 돌려 저우언라이의 수척한 모습
을 바라보았다.

　　"언라이, 당신이 몸져누우니 내가 너무 힘듭니다."

　　저우언라이가 한숨을 쉬면서 대꾸했다.

　　"평생 이렇게 아파 보기는 처음이에요. 동지들이 아니었다면 나는
진작 잘못됐을 겁니다."

　　"평소에 너무 쉬지 않았으니 한 번에 몰아서 쉬라는 거지."

　　그때 북쪽에서 흙바람을 일으키며 말 두 필이 달려왔다. 통신원들
이었다.

"보고드립니다. 마오 주석 동지. 네 정치위원께서 아주 중요한 신문
이라고 하면서 보내왔습니다."

한 통신원이 신문을 건넸다. 국민당이 펴내는 〈산시르바오山西日報
산서일보〉였다.

신문을 들여다보던 마오쩌둥의 눈길이 어딘가에 멈췄다. 한참 들여
다보고 있더니, 환하게 웃으며 고개를 들었다.

"이젠 집에 다 왔군!"

"무슨 말입니까?"

사람들이 놀라서 물었다.

"집이라니?"

"말 그대로 진짜 집 말입니다."

마오쩌둥이 웃으면서 대답했다.

"장정은 이제 끝났어요."

그는 신문을 저우언라이에게 넘겨주었다. 다른 사람들도 저우언라이 뒤에 둘러서서 신문을 들여다보았다. 국민당 군대의 '공비 토벌' 소식이 실렸는데 산시 북부에 규모가 큰 적색 구역이 있다고 씌어 있었다. 류즈단劉志丹 유지단과 쉬하이둥徐海東 서해동이 이끄는 홍군이 모

두 그곳에 있다는 것이었다.

　장시에 있을 때 산시 북부에 소비에트 구역이 있다는 말을 들었지만 장정에 오른 뒤로는 소식을 알 수 없었다. 그런데 이렇게 집을 눈앞에 두었으니 이제는 어디에 근거지를 세워야 할지 토론할 필요가 없었다.

　"이렇게 반가운 소식이라니!"

　사람들은 너무 기뻐서 얼굴에 웃음꽃이 활짝 피었다.

　다른 통신원이 다가와 등에서 흰 보따리를 풀어 놓았다.

"여기 또 있습니다. 네 정치위원이 갖다 드리라고 했습니다."

통신원이 묵직한 보따리를 풀어 놓기가 무섭게 호위병들이 환성을 질렀다. 새하얀 떡을 구워 왔는데 웬 떡이 꼭 수레바퀴만 했다. 사람들은 이렇게 큰 떡은 처음 봤다며 야단법석이었다.

"이건 무슨 떡이지?"

"궈쿠이鍋盔 과회 라는 밀가루 떡인데, 내가 예전에 톈진天津 천진이랑 베이핑에서 살 때 먹어 보았거든. 아주 맛있어요. 양고기를 넣어 만두로 빚어 먹으면 더 맛있지."

저우언라이가 빙긋 웃으며 말했다.

"그래요? 그런데 이 떡 꽤 질긴데…… 호위병, 칼로 좀 잘게 잘라 줘요. 볶은 보리는 나중에 먹읍시다."

마오쩌둥이 소리치자 호위병이 달려왔다. 떡을 잘라 놓기가 무섭게 둘러선 사람들은 떡을 하나씩 집어 들고는 맛을 보았다.

"동지들도 와서 먹어 봐요."

마오쩌둥이 두 통신원을 불렀다.

"저흰 먹었습니다."

떡 보따리를 지고 온 통신원이 대답했다.

"그런데 하다푸가 얼마나 큽니까?"

마오쩌둥이 웃으면서 물었다.

"마오궁을 지나온 뒤로 그렇게 큰 마을을 본 적이 없습니다."

"인민들이 기껍게 맞아 주던가?"

"어제 우리 1군단이 하다푸에 들어섰는데 마을 사람들이 거리를 가득 메우고 우리를 맞았습니다. 물가가 아주 싼 고장입니다."

"돼지고기 한 근에 얼마쯤 하지?"

"백 근이 넘는 돼지도 은전 다섯 닢이면 살 수 있습니다. 살찐 양 한 마리는 은전 두 닢입니다. 은전 한 닢으로 닭 다섯 마리를 살 수 있고 십 전이면 달걀 수십 개를 살 수 있지요. 게다가 루다창이 쌀이랑 밀가루를 몽땅 버리고 가는 바람에 먹을 것은 넉넉합니다."

그 통신원은 하다푸가 무척 마음에 드나 보았다. 마오쩌둥이 웃으며 또 물었다.

"동지들, 생활은 어떻게 하고 있습니까?"

"사람마다 은전 한 닢씩을 나눠 받았습니다. 게다가 중대마다 모두 잘 먹으라는 지시가 떨어져서 하루 세 끼 고기반찬에 배부르게 먹고 있습니다."

통신원이 싱글벙글 웃으며 말했다.

"오랫동안 배를 곯다가 갑자기 많이 먹으면 탈이 나는데."

마오쩌둥이 걱정스럽다는 듯 말했다.

"그러잖아도 우리 통신 중대 몇 사람은 너무 배가 불러서 제대로 움직이지도 못합니다."

모두들 하하하 웃음을 터뜨렸다. 통신원들은 곧 인사를 하고는 말을 타고 돌아갔다.

"마오 주석 동지, 저기 쉬 어르신 일행이 오십니다."

호위병 위가 소리쳤다. 고개를 들고 보니 노인 몇 사람이 걸어오고 있었다.

쉬터리는 여전히 품이 넉넉한 고동색 두루마기를 걸쳤는데 아래로 빨간 바지가 삐죽이 비어져 나와 있었다. 지팡이를 짚고 목에는 짚신

을 걸고 있었다. 셰줴짜이는 한 손에 지팡이를 들고 다른 한 손에는
램프를 들었는데, 걸음걸이가 몹시 지쳐 보였다. 린보취는 군복 윗옷
이 너무 길어 무릎을 덮을 지경이었고, 안경에 햇빛이 반사되어 멀리
서도 반짝이는 것이 보였다. 둥비우만 차림새가 단정했다. 몸에는 외
투를 걸쳤는데 군인답게 허리에 권총을 차고 각반도 규정대로 잘 동여
매고 있었다.

　마오쩌둥은 얼른 일어서서 노인들을 맞았다.

"쉬 선생님, 둥 어르신, 셰 어르신, 린 어르신, 이리 오셔서 숨이나 돌리세요."

다른 이들도 모두 일어섰다. 노인들이 자리를 나누어 앉자 마오쩌둥이 귀쿠이를 들고 와서 나누어 주었다. 그러고는 〈산시르바오〉를 보이며 말했다.

"여기까지 오시느라 정말 고생 많으셨습니다. 이제는 희망이 보입니다."

노인들은 뜻밖의 소식에 기뻐서 입을 다물지 못했다. 셰줴짜이가

실로 대충 매달아 귀에 걸고 있던 안경을 벗고는 눈물을 닦았다.

"과연 그러하이. 내가 살아서 여기까지 오리라고는 정말 생각도 못했네!"

둥비우가 들뜬 목소리로 말했다.

"오늘처럼 기쁜 날에 시가 없어서야 되겠나! 룬즈, 벌써 시를 지어 놓았겠지? 어서 읊어 보시게."

"맞습니다. 한번 읊어 보세요."

사람들이 너도나도 소리쳤다. 마오쩌둥은 천천히 시를 읊기 시작했다.

홍군은 장정의 고난 두려워 않거니 紅軍不怕遠征難

만 가닥 물줄기 천 겹의 산들도 대수롭지 않았네. 萬水千山只等閑

구불구불한 우링五嶺 오령을 잔잔한 물결 건너듯. 五嶺逶迤騰細浪

웅대한 우멍을 진흙 길 달리듯. 烏蒙磅礡走泥丸

진사 강에 어린 구름벼랑 따스한데 金沙水拍雲崖暖

다두 강에 가로 걸린 쇠밧줄 차가워라. 大渡橋橫鐵索寒

민 산의 천 걸 눈도 반갑구나. 更喜岷山千里雪

삼군이 지나가면 모두 웃음꽃 피우네. 三軍過後盡開顔

시를 읊는 동안 사람들은 저마다 생각에 잠겼다.

"우리 홍군이 해낸 이번 장정은 실로 위대하네. 인류 역사에 여태껏 한 번도 없었던 일이 아닌가. 이것은 중국 공산당의 자랑이고 우리 민족의 자랑이기도 하네."

둥비우가 무릎을 치며 말했다.

"그럼 어르신께서 제 시를 한번 평해 주십시오."

"아주 기백이 있는 시야. 대구가 깔끔할 뿐만 아니라 기상이 웅장해서 더욱 멋지네. 이를테면 '웅대한 우멍을 진흙 길 달리듯.'이라는 구절이 아주 빼어나지. 웅대한 우멍 산을 진흙 길에 견주었으니 진흙 길을 밟고 지나온 우리 홍군은 하늘을 이고 서 있는 거인이 아니겠나.

이런 기백이 없었다면 우리 당이 어찌 장정을 승리로 이끌 수 있었겠
나."

사람들이 너도나도 고개를 끄덕였다. 마오쩌둥이 웃으며 말했다.

"어르신께서 좋게만 봐 주신 겁니다. 과찬이십니다."

펑더화이와 예젠잉, 리푸춘, 양상쿤, 덩파, 뭐마이도 잇달아 도착
했다. 그들도 소식을 듣고 기뻐하기는 마찬가지였다.

부대는 계속 진군했다. 두 시간 반쯤 지나 하다푸에 이르렀다. 하다
푸는 오백 가구도 채 되지 않는 마을이었다. 중심가라고 해 보았자 상
점들이 다닥다닥한 긴 거리 하나뿐이었다. 하지만 먼 길을 걸어온 홍
군 전사들한테는 으리으리한 대도시나 다름없었다. 부대가 오자 인민

들이 다투어 구경을 나와서 넓지 않은 거리를 가득 메웠다.

　마오쩌둥과 지도자들은 벌써 말에서 내려 몰려든 사람들 속으로 천천히 걸어 들어갔다.

　조금 뒤 린뱌오와 녜룽전, 줘촨左權 좌권이 마중을 나왔다. 그들은 지도자들을 크고 널찍한 한약방으로 안내했다. 한약방 뒤뜰에 의자가 많이 있어서 사람들은 의자에 앉아 물을 마시며 쉬었다. 마오쩌둥은 담배를 붙여 물고 웃으며 말했다.

"네 동지, 그 신문들 어디서 얻었습니까? 참 큰 문제를 해결했어요."

"여기 우체국이 하나 있는데 국장이 도망갔거든요."

녜룽전이 웃으며 말했다.

"〈톈진이스바오 天津益世報 천진익세보〉, 〈다궁보〉 같은 신문이 굉장히 많습니다."

"그 신문들 좀 가져다줘요. 몇 달 동안 세상을 등지고 살았더니 답

답해 죽겠다니까."

그러고는 물었다.

"여기서 산시 북부 근거지까지 얼마나 되지?"

"칠백 리 남짓합니다."

"우리야 벌써 이만사천 리를 걸었으니 그쯤은 새 발의 피지."

마오쩌둥이 담뱃재를 털며 웃었다. 지도자들이 한창 이야기를 나누고 있는데 차이창, 덩잉차오, 허쯔전, 류잉, 리잉타오가 시끌벅적 웃고 떠들면서 들어왔다. 마오쩌둥이 웃으며 말했다.

"우리 여성 동지들은 왜 이제야 오시나?"

"이곳 아낙들이 막 잡아끄는 바람에 마을 사람들 집에 들렀다 왔거든요."

허쯔전이 웃으면서 작은 소리로 대답했다.

"여성 전사들을 처음 봐서 그런지 굉장히 친절하더군요."

"친절해서 좋기는 한데 우리가 여자라는 게 미덥지 않은지 막 만져 보잖아요."

류잉이 고개를 절레절레 저으며 말했다.

"만져 보다니?"

"어떤 아낙은 잉타오 머리가 짧은 걸 보고 여자 같지 않았던지 가슴을 만져 보고서야 믿더라구요."

그 말에 리잉타오가 얼굴을 붉혔다.

"그 사람들도 조사 연구를 해야 할 것 아닙니까."

마오쩌둥의 농담 한 마디에 사람들이 와그르르 웃었다.

"류잉, 이만하면 내가 임무를 잘 완수한 셈이지?"

"임무라니요?"

"동지들 결혼 추진 위원회 주임 임무 말이에요. 벌써 잊었나 보군."

마오쩌둥이 담배를 한 모금 빨고는 말했다.

"뭐푸 동지가 자꾸 신호를 보내도 모르는 척했잖나. 기어코 장정이 끝나야 어쩐다 저쩐다 하면서. 이제 장정도 끝나 가는데 어때요?"

류잉은 입을 삐죽이 내밀고 웃더니 대답했다.

"때가 되면 제가 알아서 처리할 거예요."

"그렇지. 내가 듣고 싶은 말이 바로 그거예요."

마오쩌둥이 웃으면서 말했다.

"하지만 때가 되면 한턱내는 걸 잊으면 안 됩니다."

루다창이 도망친 데다가 둘레에 있는 적들이 아직 정황을 모르고 있어서 부대는 하다푸에서 며칠 조용히 쉴 수 있었다. 사람들은 머리를 깎고 목욕을 하고 무기를 닦았다.

그리고 또 어제 회의에서 결정한 대로 부대를 재편성했다.

펑더화이는 병사들 수가 심각하게 줄었다며 군단 세 개를 줄이자고 건의했다.

홍군 지도부는 전군을 '산시·간쑤 임시 부대陝甘支隊'로 다시 꾸려 펑더화이를 총사령관으로, 마오쩌둥을 정치위원으로, 린뱌오를 부사령관으로, 예젠잉을 참모장으로, 왕자샹을 정치부 주임으로 임명했다.

임시 부대 아래에 세 개 종대를 두고 1종대는 린뱌오가 사령관을, 녜룽전이 정치위원을 맡았고 2종대는 펑쉐펑彭雪楓 팽설풍이 사령관을, 리푸춘이 정치위원을 맡았으며 3종대는 예젠잉이 사령관을, 덩파가

정치위원을 맡았다. 임시 부대는 칠천 명쯤 되었다.

이튿날 하다푸 진 서쪽에 있는 관제묘에 연대장 이상 간부가 모였다.

회의가 시작될 무렵 동쪽 하늘에 해가 솟아올랐다. 절 앞 소나무에는 말 여러 필이 매여 있었고 뜰에서는 흥겨운 웃음소리가 들려왔다.

지도자들도 모처럼 머리와 수염을 깎았더니 제법 말쑥했다. 마오쩌둥
은 뜨거운 손뼉을 받으며 일어섰다. 그의 힘 있는 연설은 손뼉 소리에
자주 끊겼다.

　"동지들, 우리가 장시를 떠나온 지도 거의 일 년이 되어 갑니다. 그
동안, 장제스는 우리를 없애려고 온갖 애를 썼습니다. 수십만 대군으

로 포위하고 추격하고 길을 막았습니다. 하지만 적들이 우리를 무찔렀습니까? 무찌르지 못했습니다. 우리는 겹겹으로 둘러싼 적들을 뚫고 나와 끝내 이겼습니다!"

마오쩌둥이 물었다.

"반고盤古가 하늘을 연 뒤로 삼황오제三皇五帝를 거쳐 오늘에 이르는 동안 이런 일이 또 있었습니까? 없었습니다. 이것은 중국 무산 계급의

자랑이며 중국 공산당의 자랑이며 중화 민족의 자랑이기도 합니다.
중화 민족도 이러한 군대가 있어야만 구할 수 있습니다. 지금 우리 군
대는 항일의 최전선으로 나가 신성한 임무를 짊어져야 합니다."

　마오쩌둥이 숨을 고르더니 침통하게 말했다.

　"물론 우리도 큰 손실을 입었습니다. 우리가 출발할 때는 팔만 육천
명이었습니다. 지금은 칠천 명입니다. 칠천 명이 너무 적지 않느냐고

말하는 사람이 있습니다. 그렇습니다. 적습니다. 하지만 동지들, 살아남은 칠천 명은 혁명의 씨앗이라는 것을 잊어서는 안 됩니다. 인민은 우리의 어머니이고 우리를 길러 준 땅입니다. 씨앗이 이 땅에 떨어지기만 하면 뿌리를 내리고 싹이 트고 꽃이 피고 열매를 맺을 것입니다. 혁명은 수천수만 인민을 위한 일입니다. 그 어떤 적들도 우리 혁명을 막을 수 없을 것입니다. 지금 우리는 유격전으로 싸우지만 앞으

로는 대규모로, 산을 무너뜨리고 바다를 메울 기세로 싸울 때가 올 거라고 저는 단언합니다. 한 성에서나 몇 개의 성에서 먼저 이기는 게 당연한 일입니다. 지금까지도 그랬지만 앞으로도 그럴 것입니다. 다만 우리의 근거지는 장시가 아닌 산시·간쑤일 뿐입니다!"

사람들은 뜨거운 박수를 보내며 마오쩌둥이 한 말의 뜻을 되새겼다.

이튿날 새벽, 대오는 북으로 진군했다.

하다푸 진 북쪽 왕주 산望竹山 망죽산 위로 부서진 채 서 있는 국민당 군 사격 진지가 멍청히 눈을 뜨고 멀어져 가는 홍군 대오를 바랬다. 부대 앞에는 드넓은 웨이 강渭河 위하 평원이 펼쳐져 있었다.

사람들은 며칠 동안 푹 쉬었다고 기운이 솟았다. 말들도 목을 길게 빼 들고 울부짖으며 힘차게 걸었다.

누군가 "에헤요, 홍군 오라버니 ……." 하고 노래를 부르기 시작하
자 순식간에 여기저기서 푸젠, 후난, 장시는 물론 윈난, 구이저우, 쓰
촨의 산 노래들이 터져 나왔다.

그 무렵 어두컴컴한 동쪽 하늘에서 푸른 빛줄기가 맑고 깨끗한 냇
물처럼 흘러 퍼졌다. 반짝거리던 샛별은 어느새 해맑은 빛 속으로 사
라지고 있었다.

뒷이야기

7월 내내 쟝제스는 어메이 산에서 지냈다. 어메이 산은 웅대하고 아름다웠다. 더욱이 홍주 산紅珠山 홍주산에 있는 아담한 별장은 푸른 숲 속에 자리 잡고 있어서 어디를 가나 사람의 마음을 맑게 씻어 주는 폭포와 냇물을 만날 수 있었다.

쟝제스는 산에 올라온 뒤로 편안한 나날을 보냈다. 쓰촨 군대를 손아귀에 넣으려는 계획이 순조로웠기 때문이다. 그가 거느린 참모 연대가 쓰촨 군대를 이끌게 되었을 뿐 아니라, 어메이 훈련단을 꾸려서 확실하게 쓰촨 군대를 장악하려고 꾀하고 있었다. 그사이 다두 강 작전이 허탕을 치는 통에 잠깐 기운이 빠졌지만 홍군이 설산과 초지에 들어서자 다시 희망이 보였다. 북에서 막고 남에서 뒤쫓는다면 홍군은 날개가 돋쳐도 도망칠 수 없을 터였다.

장제스는 참모 연대 연대장 허궈광賀國光 하국광과 류샹을 불러 쑹판과 마오 현 사이에 있는 데시疊溪 첩계에서 회의를 열고 홍군을 '가두어 죽이는 정책困死政策'을 펴기로 결정했다. 민 강을 따라 철저하게 길을 막고 홍군에게 몰래 양식을 갖다 주는 자는 극형에 처하며 홍군의 일을 거드는 사람은 적과 내통한 죄를 물어 용서하지 않을 것이라고 티베트 족을 을렀다.

　얼마 뒤 장제스는 홍군에 집안싸움이 벌어졌다는 소식을 들었다. 그는 기뻐서 어쩔 줄 몰랐다. 자다가도 슬며시 웃음이 터지고, 밥을 안 먹어도 배가 부를 지경이었다.

　장제스는 아내와 함께 어메이 산을 유람했다. 진딩金頂 금정 에 가서 구름바다와 해돋이를 보고 시샹츠洗象池 세상지 에 가서 원숭이들의 재롱을 구경했다. 향불 연기가 감도는 절에도 들러 보고 이름난 폭포를 찾아 물소리를 듣기도 하면서 걱정을 툭 털고 한가하게 지냈다.

　그런데 얼마 지나지 않아 홍군이 라쯔커우를 빠져나가 북쪽으로 갔

다는 이야기가 들려왔다. 장제스는 도저히 믿을 수가 없었다. 마치 정
수리에 얼음물을 쏟아부은 듯 정신이 아뜩했다.

　얼마 뒤, 시종실 주임 정부판은 홍군이 웨이 강 방어선을 뚫고 북쪽
으로 갔다는 전보를 받았다. 전보에는 '산시 · 간쑤 임시 부대'가 바로
홍군 1방면군의 1 · 3군단인데, 마오쩌둥과 중앙 지도자들이 이 대오
와 함께 있다고 쓰여 있었다. 정부판은 뾰족한 턱에 몇 오리 남지 않
은 수염을 매만지며 생각에 잠겼다. 장제스가 이 소식을 알면 노발대
발할 것이 분명했지만 보고를 안 할 수는 없었다.

정부판은 조심스레 방으로 들어갔다. 장제스는 차를 마시면서 벽에 걸린 작전 지도를 멍하게 보고 있었다. 정부판은 잔뜩 움츠린 채 장제스한테 다가가서 허리를 굽혔다.

"위원장님, 간쑤에 있는 주사우량朱紹良 주소량한테서 전보가 왔는데 공산군이 웨이 강 방어선을 뚫고 북쪽으로 갔다고 합니다."

"뭐?"

장제스가 와뜰 놀랐다. 찻잔을 내려놓는 장제스의 손가락이 떨렸다. 정부판이 전보를 건네면서 덧붙였다.

"우리 부대가 또 공산군의 거짓 공격에 속아 톈수이天水 천수 방향을

너무 중요하게 여겼던 것 같습니다."

장제스의 얼굴은 갈수록 일그러졌다. 그는 고개를 들고 정부판을 쏘아보았다.

"그 전보를 어떻게 믿나? 이 대오가 진짜 1·3군단이야? 마오쩌둥이 정말 거기 있다고?"

"대오에서 처진 홍군한테서 얻은 소식이라니 믿을 만할 겁니다."

장제스는 맥이 풀려 소파에 주저앉았다. 그러더니 벌떡 일어나 욕을 퍼붓기 시작했다.

"그 왕쥔王均 왕균이란 녀석은 무능하기 짝이 없어. 당장 잡아들여서 군법에 넘겨!"

"위원장님, 노여움을 가라앉히십시오. 그러다가 괜히…….."

"그러다가 괜히?"

정부판이 잠시 뜸을 들이더니 나직이 대꾸했다.

"사람들이 위원장님께 등을 돌릴까 걱정입니다."

그러자 장제스가 호통을 쳤다.

"왜 등을 돌린단 말인가?"

"루다창도 라쯔커우같이 험난한 요새 하나를 못 지켜 냈는데, 왕쥔이 기다란 웨이 강 전선을 어찌 지켜 낼 수 있겠습니까. 구이저우에서도 고작 이삼만밖에 안 되는 홍군이 열 배 가까이 되는 수십만 우리 군대의 포위를 뚫고 진사 강으로 도망쳤지요. 다두 강 전투도 그렇습니다. 다두 강이라는 천연 요새를 믿고 이제는 홍군을 다 쓸어버릴 수 있을 거라고 생각했지만 역시 놓치고 말았습니다. 지금 와서 왕쥔을 죽인다면 사람들이 어찌 위원장님을 믿고 따를 수 있겠습니까?"

장제스는 얼굴을 확 붉히며 정부판을 쏘아보았다.

"그러면 지금, 자넨 내가 지휘를 잘못했다고 나무라는 건가?"

"제가 어찌 그렇게 생각하겠습니까?"

정부판이 어설프게 웃으며 대꾸했다.

"위원장님께서는 나라 안팎에 이름난 장군이신데요. 위원장님보다
더 뛰어난 장군이라도 공산당을 뿌리 뽑을 수는 없지요."

"그건 무슨 뜻인가?"

장제스가 낯빛을 바꾸며 물었다.

"제 얘기는 사회적인 원인이 그렇다는 겁니다."

"사회적인 원인이라니?"

"공자님도 '재물이 적은 것이 무서운 게 아니라 고루 나누지 않는 것이 두렵다.'고 했습니다. 지금 부자들은 땅이 차고 넘치지만 가난한 사람한테는 바늘 하나 꽂을 땅도 없습니다. 누구는 비단옷을 걸치지만 누구는 맨몸을 가릴 천 쪼가리도 없지요. 그러니 불평이 없을 리 있겠습니까. 당연히 세상이 엎어지길 바라지요. 가난한 사람들이 공산당의 선동에 쉽게 넘어갈 수밖에 없습니다. 그러니 작은 불꽃으로도 들판을 다 태울 수밖에요. 여기 불을 끄면 저기서 또 일어날 수밖에 없습니다. 그런데 어찌 저들을 단번에 없애 버릴 수 있겠습니까."

"자네 말에서 어째 공산당 냄새가 풍기는군."

정부판은 놀라 얼굴이 해쓱해졌다.

"저는 지난 몇 해 동안 위원장님을 따라다니며 큰 은혜를 입은 사람입니다. 그래서 오늘 위원장님께 몇 마디 위로를 드리려던 것뿐이지 어찌 다른 뜻이 있겠습니까."

그러자 장제스도 다시 낯빛을 가다듬고 말했다.

"아니 뭐, 내가 자네를 공산당이라고 여길 리야 있겠나. 다만 사람을 속이는 그런 헛소문을 믿지 말라고 일러 주는 걸세. 나도 전에 《자본론Das Kapital: Kritik der politischen Oekonomie》 같은 책을 보기는 했지만 사람을 홀리는 그런 말에는 넘어간 적이 없어. 만약 공산당이 이 중국 땅에서 제대로 뿌리를 내린다면 자네나 나나 죽어도 묻힐 곳이 없겠지. 나는 평생 반공에 뜻을 두고 살아왔네. 공산당을 싹 쓸어 없애지 않고서는 눈을 감지 않을 것이야!"

그 말에 정부판은 저도 모르게 빌쭉 웃으며 말했다.

"위원장님의 훌륭한 뜻이야 제가 왜 모르겠습니까. 다만 현실적으로 이루기가 힘들뿐이지요."

"아니, 자네는 자신감이 그렇게 없나?"

장제스가 그를 가로보았다. 정부판은 말이 없었다.

"명심하게. 나는 내일 당장 산을 내려갈 테니까!"

"네? 산을 내려가시다니요?"

"내가 직접 시베이로 가야겠어."

장제스가 단호하게 말했다.

"시베이에 삼십만 대군이 있잖나. 하지만 공산당은 만 명도 안 되지. 지금 손을 안 쓴다면 어느 때를 기다리겠나?"

"하지만 지금 민심이 뒤숭숭하고 원망이 차고 넘치는데요."

"원망이 넘치다니?"

"큰 적을 앞에 두고 위원장님께서 내전에만 정신이 팔려 있다고 말입니다."

장제스가 눈을 부라렸다.

"누가 큰 적이란 말인가?"

"지금 일본이 쳐들어와 온 나라가 불안에 떨고 있습니다."

"모두 뭘 모르는 얼뜨기들이야!"

장제스가 쓴웃음을 지었다.

"똑똑히 말하지만 공산당이야말로 가장 큰 적이란 말일세!"

정부판은 그만 입을 꾹 다물었다.

장제스는 이튿날 오전 아내와 함께 산을 내려갔다. 그는 도무지 우울한 마음을 떨쳐 버릴 수 없었다.

장제스는 산을 내려가면서 혼잣말처럼 중얼거렸다.

"여섯 해나 죽도록 고생하면서 매달렸는데 일이 이 지경이 될 줄 어찌 알았겠나."

지도로 보는 대장정

한눈에 보는 대장정

네이멍구 자치구

황허 강

1936년 말 마오쩌둥은 산시·간쑤 임시 부대를 이끌고 옌안에 들어갔다. 장정을 마친 홍군 대오가 속속 이곳으로 모여들었다. 이곳은 1937년부터 1947년까지 중국 공산당의 수도였다.

인촨

닝샤 후이 족 자치구 1935년 10월

우치

환 현

칭하이

시닝

란저우

후이닝

간쑤

징닝 10월 5일

산시

타오 강

라즈커우 9월 16일

하다푸 9월 20일

바시 9월 3일

쑹판 대초지 8월 23일

아바

마오얼가이 7월 10일

시짱 자치구

시캉

쥐무댜오

량허커우 6월 25일

헤이수이 7월 1일

민 강

간쯔

단바

리현 마오 현

마오궁 6월 17일

쓰촨

바중

자진 산 6월 14일

칭두

충칭

* 시캉 성은 1955년 쓰촨 성과 시짱 자치구에 나뉘어 편입되었다.

안닝 강

루딩 5월 29일

루산

어메이 산

톈촨 6월 8일

안순창 5월 24일

멍닝 5월 22일

시창

11월 27일

쉬융

투청

퉁즈

자지 2월 6일

구린

러우산관

쭌이 1월 7일

구이양

후이리

자오핑 5월 9일

진사 강

구이저우

룽리

12월 12일

린

후이수이 4월 9일

위안머우

쿤밍

취징

싱런

윈난

광시 쫭 족 자치구

난닝

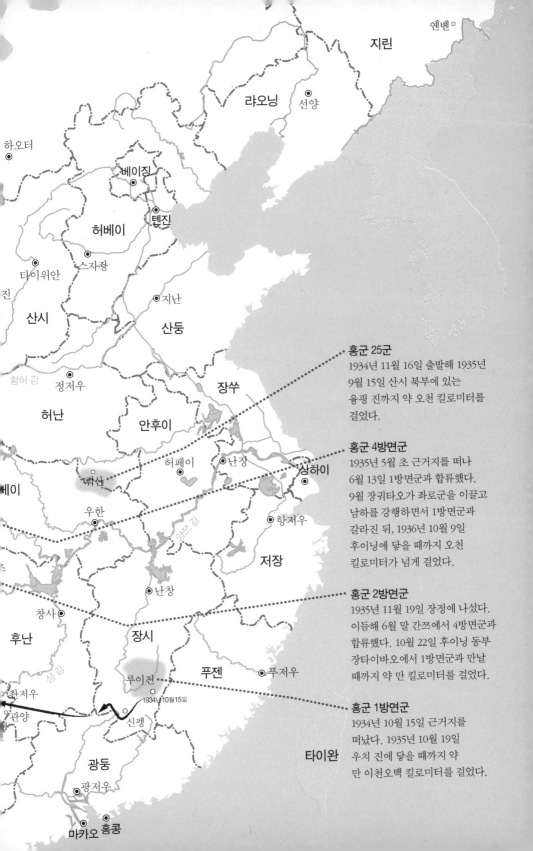

엔벤 °

지린

랴오닝
선양 ◉

하오터
◉

베이징 ◉
톈진 ◉

허베이

타이위안 ◉
진
스자좡 ◉

지난 ◉

산시

산둥

황허 강

정저우 ◉

허난

장쑤

안후이

허페이 ◉

난징 ◉

상하이 ◉

홍군 25군
1934년 11월 16일 출발해 1935년
9월 15일 산시 북부에 있는
융핑 진까지 약 오천 킬로미터를
걸었다.

베이

뤄산

우한 ◉

양쯔 강

항저우 ◉

저장

홍군 4방면군
1935년 5월 초 근거지를 떠나
6월 13일 1방면군과 합류했다.
9월 장궈타오가 좌로군을 이끌고
남하를 강행하면서 1방면군과
갈라진 뒤, 1936년 10월 9일
후이닝에 닿을 때까지 오천
킬로미터가 넘게 걸었다.

난창 ◉

창사 ◉

후난

장시

루이진 ◉
1934년 10월 15일

신펑 ◉

푸젠

푸저우 ◉

홍군 2방면군
1935년 11월 19일 장정에 나섰다.
이듬해 6월 말 간쯔에서 4방면군과
합류했다. 10월 22일 후이닝 동부
장타이바오에서 1방면군과 만날
때까지 약 만 킬로미터를 걸었다.

첸저우 ◉
관양

샹 강

광둥

타이완

홍군 1방면군
1934년 10월 15일 근거지를
떠났다. 1935년 10월 19일
우치 진에 닿을 때까지 약
만 이천오백 킬로미터를 걸었다.

광저우 ◉

마카오 홍콩

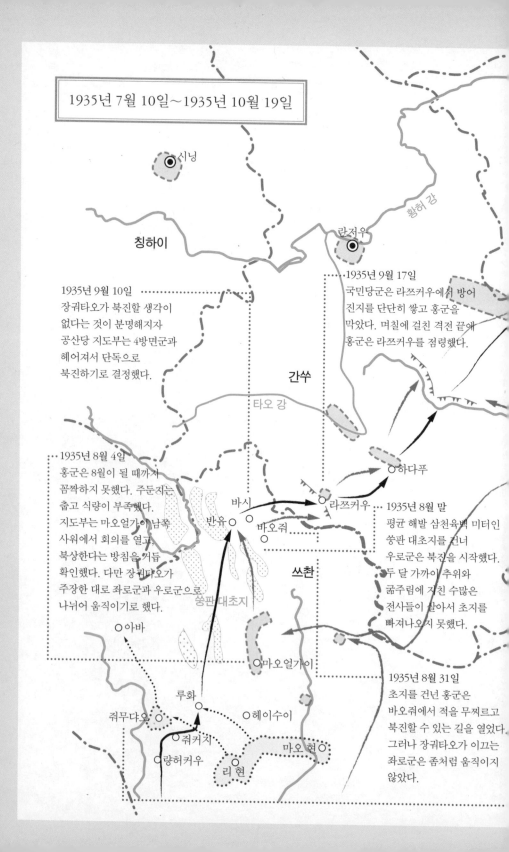

1935년 7월 10일~1935년 10월 19일

시닝

칭하이

황허 강

란저우

1935년 9월 10일
장궈타오가 북진할 생각이
없다는 것이 분명해지자
공산당 지도부는 4방면군과
헤어져서 단독으로
북진하기로 결정했다.

1935년 9월 17일
국민당군은 라쯔커우에서 방어
진지를 단단히 쌓고 홍군을
막았다. 며칠에 걸친 격전 끝에
홍군은 라쯔커우를 점령했다.

간쑤

타오 강

1935년 8월 4일
홍군은 8월이 될 때까지
꼼짝하지 못했다. 주둔지는
춥고 식량이 부족했다.
지도부는 마오얼가이 남쪽
사워에서 회의를 열고,
북상한다는 방침을 거듭
확인했다. 다만 장궈타오가
주장한 대로 좌로군과 우로군으로
나뉘어 움직이기로 했다.

바시
반유
바오쬐

하다푸
라쯔커우

1935년 8월 말
평균 해발 삼천육백 미터인
쑹판 대초지를 건너
우로군은 북진을 시작했다.
두 달 가까이 추위와
굶주림에 지친 수많은
전사들이 살아서 초지를
빠져나오지 못했다.

쓰촨

쑹판대초지

아바

마오얼가이

루화
쬐무다오
쬐커치
헤이수이
마오 현
량허커우
리 현

1935년 8월 31일
초지를 건넌 홍군은
바오쬐에서 적을 무찌르고
북진할 수 있는 길을 열었다.
그러나 장궈타오가 이끄는
좌로군은 좀처럼 움직이지
않았다.

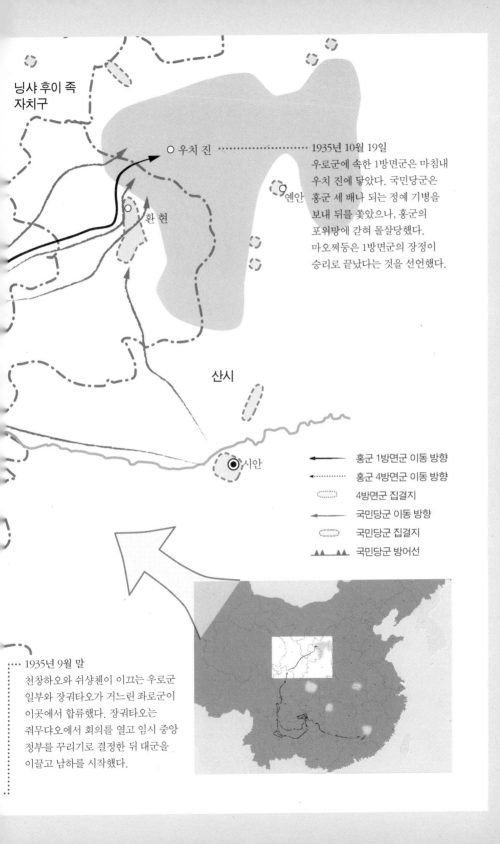

닝샤 후이 족
자치구

○ 우치 진 ·············· 1935년 10월 19일
우로군에 속한 1방면군은 마침내
우치 진에 닿았다. 국민당군은
홍군 세 배나 되는 정예 기병을
보내 뒤를 쫓았으나, 홍군의
포위망에 갇혀 몰살당했다.
마오쩌둥은 1방면군의 장정이
승리로 끝났다는 것을 선언했다.

○ 엔안

○ 환 현

산시

◉ 시안

←	홍군 1방면군 이동 방향
◀······	홍군 4방면군 이동 방향
⬭	4방면군 집결지
←	국민당군 이동 방향
⬭	국민당군 집결지
▲▲▲	국민당군 방어선

1935년 9월 말
천창하오와 쉬샹첸이 이끄는 우로군
일부와 장궈타오가 거느린 좌로군이
이곳에서 합류했다. 장궈타오는
줘무댜오에서 회의를 열고 임시 중앙
정부를 꾸리기로 결정한 뒤 대군을
이끌고 남하를 시작했다.

소설
대장정 5

2011년 1월 10일 1판 1쇄 펴냄

글 웨이웨이 | 그림 선야오이 | 옮긴이 송춘남

편집 김성재, 서혜영 | 디자인 유문숙

제작 심준엽 | 영업 박꽃님, 백봉현, 안명선, 안중찬, 이옥한, 조병범, 최정식

홍보 김누리 | 콘텐츠 사업 위희진 | 경영 지원 유이분, 전범준, 한선희

제판 (주)로얄프로세스 | 인쇄와 제본 (주)상지사 p&b

펴낸이 윤구병 | 펴낸 곳 (주)도서출판 보리 | 출판 등록 1991년 8월 6일 제 9-279호

주소 (413-756)경기도 파주시 교하읍 문발리 파주출판도시 498-11 | 전화 031-955-3535 | 전송 031-950-9501

누리집 www.boribook.com | 전자 우편 bori@boribook.com

이 책의 내용을 쓰고자 할 때는, 저작권자와 출판사의 허락을 받아야 합니다.

잘못된 책은 바꾸어 드립니다.

값 11,000원

보리는 나무 한 그루를 베어 낼 가치가 있는지 생각하며 책을 만듭니다.

ISBN 978-89-8428-643-6 04820

978-89-8428-638-2 (세트)

이 책의 국립중앙도서관 출판시 도서목록(CIP)은 e-CIP 홈페이지(http://www.nl.go.kr/ecip)에서 볼 수 있습니다.

(CIP 제어 번호 : CIP2010004579)